El tesoro de Gastón

Autora
Emilia Pardo Bazán

Título original
El tesoro de Gastón

Corrección
Leticia Rodríguez

Ilustraciones interiores
Sandra Márquez

Imagen de portada
Sandra Márquez

Diseño y edición de arte
Uve Books

Edición
Febrero, 2024

Edita
Uve Books
www.uvebooks.com

Imprenta
Kadmos

ISBN
978-84-126350-4-1

Depósito Legal
DL SG 19-2024

El tesoro de Gastón

Emilia Pardo Bazán

~CAPÍTULO I~

La llegada

Cuando se bajó en la estación del Norte, harto molido, a pesar de haber pasado la noche en *wagon-lit*, Gastón de Landrey llamó a un mozo, como pudiera hacer el más burgués de los viajeros, y le confió su maleta de mano, su estuche, sus mantas y el talón de su equipaje. ¡Qué remedio, si de esta vez no traía ayuda de cámara! Otra mortificación no pequeña que el tener que subirse a un coche de punto, dándole las señas: Ferraz, 20… Siempre, al volver de París, le había esperado, reluciente de limpieza, la fina berlinilla propia, en la cual se recostaba sin hablar palabra, porque ya sabía el cochero que a tal hora el señorito a casa podía ir, para lavarse, desayunarse y acostarse hasta las seis de la tarde lo menos…

En fin, ¡qué remedio! Hay que tomar el tiempo como viene, y el tiempo venía para Gastón muy calamitoso. Mientras el simón, con desapacible retemblido de vidrios, daba la breve carrera, Gastón pensaba en mil cosas nada gratas ni alegres. El cansancio físico luchaba con la zozobra y la preocupación, mitigándolas. Solo después de refugiado en su linda *garçonnière*; solo después de hacer chorrear sobre las espaldas la enorme esponja siria, de mudarse de ropa interior y de sorber el par de huevos pasados y la taza de té ruso que le presentó Telma, su única sirvienta actual, excelente mujer que le había conocido tamaño; solo en el momento, generalmente tan sabroso, de estirarse entre blancas sábanas después de un largo viaje, decidiose Gastón a mirar cara a cara el presente y el porvenir.

Agitose en la cama y se volvió impaciente, porque divisaba un horizonte oscuro, cerrado, gris como un día de lluvia. Arruinado, lo estaba; pero apenas podía comprender la causa del desastre. Que había gastado mucho era cierto; que desde la muerte de su madre llevaba vida bulliciosa, descuidada y espléndida tampoco cabía negarlo. Sin embargo, echando cuentas (tarea a que no solía dedicarse Gastón), no se justificaba, por lo derrochado hasta entonces, tan completa ruina. El caudal de la casa de Landrey, casi doblado por la sabia economía y la firme administración de aquella madre incomparable, daba tela para mucho más. ¡Seis años! ¡Disolverse en seis años, como la sal en el agua, un caudal que rentaba de quince a diecisiete mil duros!

Acudían a la memoria de Gastón, claras y terminantes, las palabras de su madre, pronunciadas en una conferencia que se verificó cosa de dos meses antes de la desgracia.

—Tonín —había dicho cariñosamente la dama—, yo estoy bastante enfermucha. No te asustes, no te aflijas, querido, que todos hemos de morir algún día, y lo que importa es que sea muy a bien con Dios; lo demás… ¡ya se irá arreglando! Siento dejarte huérfano en minoría, pero pronto llegarás a la mayor edad y, así que dispongas de lo tuyo, acuérdate de dos cosas, hijo…: que ni hay poco que no baste ni mucho que no se gaste, y… que no debemos ser ricos… solo… ¡para hacer nuestro capricho, olvidándonos de los pobres y del alma! Quedan aumentadas las rentas… gracias a que no he fiado a nadie lo que pude hacer yo misma… ¡Y eso que soy una mujer, una ignorantona, una infeliz! Tú, que eres hombre, y que recibes doblado el capital, puedes acrecentarlo, sin prescindir de… ¡de que hay deberes, para un caballero sobre todo!…, ¡y de que la fortuna se nos da en depósito, a fin de que la administremos honradamente!… ¿Verdad, Tonín, que vas a pensar en esto que te he dicho… así… así que no estemos… juntos? Dame un beso… ¡Ay!… ¡Cuidado, que por ahí anda la pupa!

Y Gastón, de pronto, sintió cómo los ojos se le humedecían, acordándose de que el ¡ay! de su madre había delatado, por primera vez, la horrible enfermedad cuidadosamente oculta: el zaratán en el seno.

Poco después la operaban, y no tardaba en sucumbir a una hemorragia violenta… Y Gastón veía a su madre tan pálida, tendida en el abierto ataúd, y recordaba días de llanto, de no poder acostumbrarse a la orfandad, a la soledad absoluta… Después, con la movilidad de los años juveniles, venía el consuelo y, con la mayor edad, el gozo de verse dueño de sus acciones y de su hacienda, ¡libre, mozo, opulento! Dando una vuelta repentina en la cama, lo mismo que si el colchón tuviese abrojos, Gastón volvía a rumiar la sorpresa de haber despabilado tan pronto la herencia de sus mayores.

—¡Si no es posible humanamente! —calculaba—. ¡Si no me cabe en la cabeza! Vamos a ver; yo no soy un vicioso; no he jugado sino por entretenimiento; no he tenido de esos entusiasmos por mujeres pagadas, en que se consumen millones sin sentir. ¿Qué hice, en resumidas cuentas? Vivir con anchura; pasarme largas temporadas en el extranjero, sobre todo en el delicioso París; comer y fumar regaladamente; divertirme como joven que soy; pagar sin regatear buenos cocheros y caballos de pura raza, cuentas de sastre y de tapicero, de joyero y de camisero, de hotel, de *restaurant*… Todo ello, aunque se cobre por las setenas, no absorbería ni la tercera parte de mi caudal… ¡Oh, eso que no me lo nieguen! ¡Aunque me lo prediquen frailes descalzos! Me sucede lo que a la persona que ha dejado en un cajón una suma de dinero, no sabe cuánto, pero volviendo a abrir el cajón nota que hace menos bulto, y dice: «Gatuperio…».

Aquí Gastón suspiró, abrazó la almohada buscando frescura para las mejillas, y pensó entrever, como filtrado por las cerradas maderas de las ventanas, un rayito de luz.

11

—El caso es que yo fui bien prudente. De imprevisor nadie podrá tacharme. ¿A quién mejor había de confiar mis negocios, y la gestión y administración de mis bienes, que a don Jerónimo Uñasín? Un viejo tan experto, con tal fama de seriedad y honradez en los negocios; y, además, de una condición encantadora; nunca le pedía yo con urgencia dinero que a vuelta de correo no me lo girase sin objeción alguna… En lo que no tiene disculpa don Jerónimo es en no haberme avisado de que mis gastos eran excesivos; de que a ese paso me quedaba como el gallo de Morón…

Al hacer reflexión tan sensata, por primera vez el incauto mozo sintió algo que podría llamarse la mordedura de la sospecha y el aguijón del reconcomio. Evocó el recuerdo de la cara de don Jerónimo y se le figuró advertir en ella rasgos del tipo hebreo: la nariz aguileña, de presa, la boca voraz, los ojos cautelosos y ávidos… Las palabras de su madre resonaron de nuevo en su corazón olvidadizo: «No he fiado a nadie lo que pude hacer yo misma…».

Al cabo se durmió. A las seis, obedeciendo órdenes, Telma vino a despertarle de un sueño agitado, lleno de pesadillas; arreglose a escape, y a las siete menos cuarto conferenciaba con don Jerónimo. Más de una hora duró la entrevista, de la cual salió Gastón con la sangre encendida de cólera y el espíritu impregnado de amargura. La venda se había roto súbitamente y Gastón veía —¡a buena hora!— que aquel tunante de apoderado general era el verdadero autor de su ruina.

A preguntas, reconvenciones y quejas, solo había respondido don Jerónimo con hipócrita y melosa sonrisilla, que provocaba a chafarle de una puñada los morros.

—¿Qué quería usted que hiciese? —silbaba el culebrón—. ¿Pues no estaba usted pidiendo fondos y fondos a cada instante? ¿Pues no era usted mayor de edad, dueño de sus acciones y sabedor de a cuánto ascendían sus rentas? Usted, desde París, libranza va y libranza viene, y Jerónimo Uñasín teniendo que dejarle a usted bien, y que buscar y desenterrar las cantidades aunque fuese en el profundo infierno… ¡Bien me agradece usted los apuros que he pasado, las sofoquinas, las vergüenzas, sí, señor!, ¡que vergüenza y muy grande es, a mis años, andar solicitando a prestamistas y aguantando feos! Todo lo he hecho por ser usted hijo de los señores de Landrey, que tanto me apreciaban… Ahora conozco que me pasé de tonto, que debí cerrarme a la banda y contestarle a usted cuando me pedía monises: «otro talla, señor mío…».

—Pero usted bien veía que yo me quedaba pobre —exclamaba Gastón con indignación apenas reprimida—, y debiera usted, como persona de más experiencia, aconsejarme, llamarme la atención, advertirme… Yo le di a usted poder ilimitado… Yo tenía depositada mi confianza en usted.

—¡Sí, sí, advertir! ¡Bonito recibimiento me esperaba! Ya sé yo lo que son jóvenes contrariados en sus antojos… Y además, don Gastoncito, ¿quién me decía a mí que al echar así la casa por la ventana no preparaba usted una gran boda? Hay en París señoritas de la colonia americana que apalean el oro… ¡Es preciso respetar muchísimo muchísimo la libertad de cada uno!, y lamentaría toda mi vida que por mí fuese usted a perder la colocación brillante que se merece…

«Téngame Dios de su mano», pensó Gastón al escuchar esta nueva insolencia, y conociendo que se le subía a la cabeza la ira y las manos se le crispaban ansiosas de abofetear al judío.

Al fin, con violento esfuerzo sobre sí mismo, revolviendo trabajosamente la lengua en la boca seca y llena de hiel, pronunció:

—Bien, cortemos discusiones, que a nada conducen; al grano… ¿Me queda algo, lo preciso para comer?

Vaciló un instante don Jerónimo, y afectó un golpe de tos, ruidosa y como asmática, antes de responder, fingiendo fatiga:

—Mire usted, lo que es eso… Basta que… ¡bruum!, hasta que… yo… reconozca… y liquide… ¡bruum!… los créditos… y se proceda… a la venta de… de las fincas hipotecadas… es imposible decir si el… ¡bruum!, pasivo… supera al activo… Acaso tengamos déficit… pero ¡bruum!, ej… ej… no será muy grande…

—¿Es decir —preguntó Gastón con temblor de labios—, que aún podrá suceder que después de venderlo todo… deba dinero?

—Ej, ej… calculo que una futesa…

No quiso oír más Gastón. Tomando su sombrero, despidiose con una frase bronca, y abandonó el nido del ave de rapiña a quien tarde veía el pico y las garras. En el recibimiento, mientras recogía sombrero y bastón, no pudo menos de fijarse, con penosa y estéril lucidez, en detalles que le sorprendieron: un soberbio mueble de antesala tallado, un rico tapiz antiguo, una alfombra nueva y densa como vellón de cordero, un retrato, escuela de Pantoja, una lámpara de muy buen gusto. Parecía la entrada de una casa señorial, y al acordarse de que antaño don Jerónimo se honraba con alfombra de cordelillo y sillas de Vitoria, Gastón se trató a sí mismo de majadero, no sin reprimirse para no emprenderla a palos con los muebles y con el dueño en especial…

Volvió a su morada a pie, devorando la pesadumbre, queriendo sobreponerse a ella, y sin conseguirlo. Telma, solícita, le había preparado una comida de sus platos predilectos; pero no estaba la Magdalena para tafetanes, ni Gastón para apreciar debidamente el mérito del puré de alcachofas, los langostinos en pirámide y las costilletas de cordero delicadamente rebozadas en salsa bechamela.

—Hija, es preciso que me vaya acostumbrando a las lentejas y al pan seco —respondió con un humorístico alarde cuando la vieja criada, llevándose la fuente, preguntaba con inquietud si era que ya «tenía perdida la mano».

Y la fiel servidora, antes de cruzar la puerta, clavó en su amo una mirada perruna e inteligente, una mirada que se condolía… Vestido el frac, después de comer, Gastón dedicó la noche a intentar ver a dos o tres personas de quienes esperaba consejo y auxilio. A ninguna encontró en casa, y sería caso raro que lo contrario acaeciese en Madrid, donde la noche se consagra a círculos, teatros y sociedades. Rendido, harto de dar tumbos en el alquilón, se recogió a las doce y media. Una gran desolación, un pesimismo mortal le agobiaban, poniéndole a dos dedos de la desesperación furiosa. Sin duda que al siguiente día le sería fácil encontrar en casa, amables y sonrientes, a sus noctámbulos amigos; pero ¿qué sacaría de ellos? A lo sumo… buenas palabras… ¡Ni Daroca, el bolsista; ni el flamante marqués de Casa-Planell, el riquísimo banquero; ni Díaz Carpio, el actual subsecretario de Hacienda; ni mucho menos el gomoso Carlitos Lanzafuerte iban a abrir la bolsa y ponerla a disposición del *tronado*…! (Tan feo nombre se daba a sí propio Gastón).

Al dejar Telma sobre la mesa de noche la bebida usual, la copa de agua azucarada con gotas de *cognac* y limón, mientras Gastón, inerte, yacía en la meridiana esperando a que se retirase la criada para empezar a desnudarse, esta dijo no sin cierta timidez (el recelo de los criados que ven a sus amos muy tristes):

—Señorito…, anteayer mandó a preguntar por usted la señora comendadora. ¿No sabe? Su tía, la del convento… Que si había vuelto ya de Francia… y que deseaba verle… Que cuando viniese, por Dios, no dejase de ir, sin tardanza ninguna…

—¡Bien, bien! —contestó él impaciente.

Así que apagó la bujía y se tendió en la cama, la arcaica figura de la comendadora se alzó en la oscuridad. Abandonado de todos Gastón, un instinto le impulsaba a buscar arrimo y consuelo, a desear comunicarse con alguien que lo compadeciese y lo amase de veras. Y su tía abuela, la comendadora, era la única parienta cercana que tenía en el mundo.

~CAPÍTULO II~

La comendadora

Como no le dejasen dormir sus melancólicos pensamientos, Gastón se levantó temprano, se vistió con diligencia y, subiendo democráticamente al tranvía, se dejó llevar hasta muy cerca del convento de las Comendadoras, que se eleva sombrío, dominado por su vasta iglesia, en una calle de las más solitarias del antiguo Madrid. Las Comendadoras no tienen reja. Mano a mano, a guisa de seglares damas —y bien nobles que lo son— reciben a sus visitas en un locutorio bajo, amplio, esterado, encalado, cuyas paredes adornan cuadros religiosos anegados en betún, y que amueblan canapés de paja con respaldo de lira, y braseros claveteados —un salón de principios del siglo—. Paseando febrilmente esperó Gastón a su tía. La portera le había dicho que doña Catalina —así se llamaba la comendadora— estaba en el coro, y que tardaría cosa de unos veinte minutos. «No traigo prisa, gracias», contestó el mozo; pero, solo ya, medía el locutorio con rápidas pisadas. Desde que se había levantado y salido a la calle, batallaba con la idea de que todo lo de su ruina era un mal sueño. ¡Una casa tan vieja, tan sólida como la casa de Landrey, venirse a tierra por artimañas de un usurero maldito! No; no podía ser que él, Gastón de Landrey, con sus propias manos acostumbradas a calzar guantes, con su propia cabeza hecha a las esencias y a los lavatorios del peluquero, tuviese que trabajar y discurrir como el resto de los mortales, a fin de ganarse el pan de cada día... La vida iba a continuar, rauda y disipada; la única vida posible, la *vida*, en el sentido parisiense del vocablo.

Al pensar esto, una oleada de esperanza inundó a Gastón. Esperanza venida no sabía de dónde, tal vez de la tranquilidad del locutorio, del aristocrático silencio del convento, donde debían de ser inmutables todas las cosas.

Cuando se hallaba más engolfado en sus sueños, abriose la puerta lateral, gruesa hoja de encina, y apareció en el hueco, inmóvil y muda, la comendadora, la misma doña Catalina de Landrey y Castro, con las tocas negras, el blanco escapulario y, en el pecho, la roja heráldica cruz.

Adelantándose vivamente, Gastón corrió a abrazar a su tía, a sostenerla, a traerla en vilo hasta la silla baja, situada cerca de la reja que daba a la calle, el sitio donde solían conversar otras veces; pero la anciana murmuró suplicante:

—¡Al jardín…, al jardín…! Allí hace sol…, ¡allí no tendremos frío!

No sentía Gastón ni pizca de frío en el locutorio: entrado el mes de mayo, la temperatura era suave y radiante, la mañana. No obstante, asintió sonriendo y quiso coger a la anciana por el talle.

—No, voy delante —exclamó ella.

Lentamente, deslizándose como una sombra, precedió a Gastón por dos o tres pasillos y antesalas, hasta llegar a una carcomida puerta cuyo picaporte alzó. Al pisar el umbral del jardín, Gastón se paró deslumbrado.

No era el jardín muy grande. Servía de patio al convento y, en su centro, por todo adorno tenía un pozo con brocal: el humilde pozo de Castilla. Cuatro cuarterones simétricos, recortados en forma circular a fin de dejar sitio al pozo y holgura para sacar agua, formaban el sencillo trazado del jardín monástico. Solo que estos arriates, con exclusión absoluta de toda otra flor o planta, estaban materialmente tapizados de pies de azucena floridos. Era una espesura de azucenas. Y, bajo la sábana de oro que el sol tendía generosamente, la nívea blancura de las flores, su apretada abundancia, su esbeltez, su elegante forma casta y mística halagaban los ojos y embriagaban dulcemente el corazón. Era un jardín mariano, cultivado únicamente por amor a la Virgen, para poder cubrir su altar de ramilletes simbólicos en el gracioso culto llamado de las flores de mayo; o más bien era otro altar que brotaba de la tierra seca y desnuda, por virtud del riego continuo de unas manos piadosas enamoradas de María.

En un ángulo del jardín daba todavía la sombra, y sobre un banco de ladrillo se sentó la comendadora pausadamente, convidando a su sobrino a que la imitase. La claridad que bañaba el jardín caía sobre el rostro de doña Catalina, patentizando la labor de los años; estrago no diremos, porque en medio de su carácter de vetustez, bajo el severo contorno de la toca, aquel rostro tenía aún líneas de belleza pasada, vestigios de algo que debió de ser escultural. Parecían las majestuosas facciones modeladas en esa cera amarillenta, resquebrajada, de los cirios viejos y muy secos; la boca no era más que una línea pálida, dilatada por una sonrisa misteriosa; las cejas y las pestañas, encanecidas, sombreaban de un modo fatídico los ojos, donde persistía una vida extraordinaria, una especie de magnetismo. Los clavaba en Gastón con tal fuerza, con insistencia tal, que el mozo por un instante creyó a la comendadora enterada de su ruina, y calculó para sí, algo impaciente: «Menudo sermón me espera. Agárrate».

Recordaba Gastón que, cuando de niño solía venir al convento, le daba mucha lástima su tía, la comendadora. ¡Siempre metida entre aquellas cuatro paredes, siempre arrebujada en aquellos austeros paños! Después, ya hombre y capaz de entender, había sabido la historia de doña Catalina, y la lástima creció. Doña Catalina era hija de don Martín de Landrey, uno de los nobles que en la lucha entre españoles y franceses por la independencia, inficionados de volterianismo y de lo que llamaban entonces *ideas nuevas*, abrazaron el partido del invasor. Es de advertir que los Landrey descendían en línea recta de un caballero bretón venido con Beltrán Duguesclín o Claquín a favorecer a don Enrique de Trastámara, que casó con española, que no quiso volver a Bretaña cuando la vio incorporada a la corona francesa y a quien el Fratricida estimó y colmó de mercedes, otorgándole bienes y feudos en la tierra gallega —tan semejante a la vieja Armónica—, señalada por su fidelidad a don Pedro y en la cual le convenía al bastardo arraigar a sus partidarios. En cierto modo, don Martín de Landrey obedecía al atavismo cuando se afrancesaba; mas no lo creyeron así sus deudos ni menos doña Catalina, que era entonces una criatura, pero que se daba cuenta de todo. Débil y enfermiza ya, pudo tanto en ella el disgusto de ver a su padre, a quien adoraba, señalado con el dedo, despreciado y maltratado cuando por fin salió de España el intruso que contrajo un raro padecimiento nervioso: convulsiones seguidas de profundos síncopes. Su hermano —el abuelo de Gastón—, ardiente patriota y español acérrimo, había reñido con don Martín por diferencia de opiniones, y vivía en Madrid en casa de un tío suyo, el marqués de Lanzafuerte, algo favorito de Fernando VII; y Catalina se encerró con su padre en el desmantelado castillo de Landrey, por huir de la malevolencia y la antipatía que en Compostela, lo mismo que en la Corte, despertaba el afrancesado.

Vivieron allí padre e hija largos años en hosca soledad: ella siempre enferma; él también achacoso, y cada día más misantrópico y saturado de hiel. Cuando vino la última hora de don Martín, la hija sufrió el horrible dolor de ver morir al padre como un réprobo, rechazando con mil pretextos toda clase de auxilios espirituales, y ya, por último, amenazando con coger las pistolas que tenía a la cabecera, ¡y hacer un ejemplo si un cura pasaba el umbral! Así que hubo cerrado los ojos al infeliz, doña Catalina, en vez de caer al suelo presa de uno de sus accesos acostumbrados, se mostró casi impasible: veló el cadáver, atendió al entierro, encargó misas, muchas misas, y se estuvo cerca de un mes encerrada en las habitaciones del difunto, registrando cómodas y armarios, poniendo en orden documentos y papeles.

Una noche, los labriegos y pescadores de la costa donde se asienta el castillo de Landrey vieron con sorpresa un gran resplandor rojo y, si al pronto creyeron que había incendio, no tardaron en comprender que era una descomunal hoguera encendida en mitad del patio de honor. Delante de la hoguera estaba doña Catalina de pie, mandando la maniobra, y dos criados traían en cestos libros y manuscritos, despedazaban los volúmenes y los arrojaban a la hoguera, atizando y cebando su llama con provisión de leña y ramaje seco, para que devorase pronto aquel fárrago. Gastón había oído referir a su madre que allí se abrasaron las obras de bastantes franchutes de la cáscara amarga, y muchos papelotes que probaban las íntimas conexiones de don Martín de Landrey con la masonería española, su afiliación a la secta y el alto grado que en ella poseía… La quemazón duró hasta el amanecer, y solo al blanquear la luz del alba las almenas de las torres se retiró doña Catalina lentamente, después de cerciorarse, removiendo con un palo la ya moribunda hoguera, de que allí solo quedaban cenizas.

Pocos días después de este suceso, doña Catalina, dejándolo todo bien arreglado y habiendo repartido entre los pobres labriegos cuantiosas limosnas y perdonado, por cuenta de su legítima, deudas y atrasos de pagos de rentas, salió hacia Madrid, donde la reclamaba su hermano don Felipe de Landrey. Llevaba en su compañía doña Catalina a una niña de unos tres años de edad, huérfana de madre, hija del mayordomo, que no era sino Telma, la actual sirvienta de Gastón.

En Madrid quisieron divertir y festejar a Catalina. Además de su hermano tenía dilatada parentela de primos y primas, porque una hermana de su bisabuelo se había casado con el duque de Ambas Castillas y otra, con el de Lanzafuerte, dejando ambas numerosa y masculina prole, que se enlazó luego a otras familias de muy alta alcurnia. Catalina alegó el riguroso luto para no concurrir a distracciones ni a saraos, y el día en que se cumplió un año justo de la muerte de su padre, anunció el decidido propósito de entrar en las Comendadoras. Era libre y dueña de sus acciones, y nadie podía oponerse a su deseo con tal resolución manifestado. No obstante, don Felipe se opuso, y alegó el peligro de la salud: con aquel terrible mal nervioso, aquellos desvanecimientos y accesos convulsivos, ¿era prudente —era ni siquiera cristiano— encerrarse en un convento? Doña Catalina respondió que la Iglesia había arreglado las cosas tan bien que existían conventos para todos los estados de salud; que las Comendadoras no hacían vida penitente, sino recoleta y regular, y que ella estaba segura de resistir bien la prueba.

Y, en efecto, no solo la resistió, sino que dentro del convento su organismo débil y quebrantado se templó hasta adquirir el vigor del acero; el equilibrio se estableció, la paz reinó en su antes combatido espíritu y, poco a poco, la cara triste y los nublados ojos de doña Catalina se convirtieron en la hermosa faz y las serenas pupilas de la que todos dieron en nombrar la Monja Guapa.

—Desde que tu tía Catalina pronunció los votos, revivió —decíale a Gastón su madre—. La pobre se conoce que había ofrecido este sacrificio por los pecados de don Martín. Ella cumplió lo que tenía el deber de cumplir, y nada aprovecha tanto al alma y al cuerpo.

A pesar de la afirmación de su madre, Gastón recordaba que no había cesado de compadecer a su tía Catalina, de considerarla una víctima inmolada a preocupaciones, una vida tronchada en flor, una especie de fantasma sentenciado a desaparecer del mundo. Para él, entregado al desorden y tropelías de la voluntad, la regla en el vivir constituía una esclavitud y cualquier valla, cruel tiranía. ¡No hay más, doña Catalina le daba lástima! ¿Y por qué en aquel instante, a aquella hora virginal de la pura y radiante mañanita, en aquel jardín monástico todo paz, donde solo se escuchaba el vuelo de algún abejorro, donde las azucenas abrían tímidamente sus cálices de raso blanco y vertían en silencio su pomo fragante, Gastón, en vez de compadecer a doña Catalina, advertía que la envidiaba? Sí, no lo podía dudar; envidiaba a la comendadora, como envidia el marinero, desde su esquife que las olas hacen crujir y van a tragarse pronto, al pobre ermitaño que bebe de la apacible fuente antes de la oración… Era hermoso haber vivido sin tacha; haber realizado lo que creemos bueno y justo; haber dado testimonio de su fe ante los hombres, y haber llegado casi a los noventa años con aquella sonrisa misteriosa, no la de la esfinge, sino la de la santa que ya entrevé la bienaventuranza celeste…

—Aquí estaremos mejor —pronunció con cascada voz la comendadora, interrumpiendo los calendarios de su sobrino—. Importa muchísimo que no nos oiga nadie…, ¡nadie!… A estas horas no aparecen monjas por aquí… Lo que te voy a decir es solo para ti…, ¿me entiendes? Para ti… Tú eres el único nieto varón de mi hermano Felipe…, y ya no queda en este mundo más personas que tú y yo llevando directamente el apellido de Landrey…

Gastón se estremeció. Acababa de presentir que no iba a escuchar de labios de su tía el obligado sermón al sobrino manirroto. Conocía el culto de doña Catalina por el apellido de la familia, única debilidad mundana que siempre se notó en la ejemplar reclusa, que no había cesado ni un día de enterarse de los nacimientos, bodas, muertes, malandanzas y bienandanzas de sus sobrinos. No era verosímil que la comendadora conociese el estado de la hacienda de Gastón y, por consiguiente, lo que iba a dejar salir de su hundida boca de sibila agorera, la revelación anunciada, solo podía referirse al pasado, a ese *ayer* de todas las familias, más romántico en las nobles, en quienes se enlaza estrechamente con la historia.

~CAPÍTULO III~

La revelación

—¡Qué miedo he pasado de morirme antes que tú volvieses de ese París! —exclamó la anciana subrayando con tedio el nombre de la capital francesa—. ¡Lo que he rezado a santa Rita para que me conservase la vida unos días más!

—¡Pero, tía, si está usted para vivir cien años! —afirmó Gastón chanceramente.

Doña Catalina clavó en el rostro de su sobrino los negrísimos ojos —lo único que sobrevivía en su semblante momificado— con extraordinaria expresión, sobrehumana casi.

—A la lámpara se le acaba el aceite —dijo en voz sorda—, pero la misericordia divina no ha permitido que la muerte me sorprenda. Sé de cierto que se acerca la hora…

—Vamos, tiita, aprensiones… Me ha de enterrar usted a mí y pedir para que me admitan en la gloria —insistió el sobrino.

—No lo digas a nadie, hijo mío —prosiguió la reclusa sin atenderle—. Solo a ti y al confesor lo descubriré… ¡Como te estoy viendo… he visto… he visto a don Martín de Landrey, tu bisabuelo…, mi padre!

Estremeciose Gastón. En aquel jardín embalsamado, entre los vitales efluvios que derramaba el sol ascendiendo a su cenit, sintió pasar el soplo frío del más allá, un hálito del otro mundo.

—¡Si vieses qué mal color tenía! —continuó doña Catalina tiritando como si las frescas azucenas de mayo fuesen copos de nieve—.

Lo mismo que cuando lo deposité en la caja… ¡Y una cara de subir!… ¡Virgen Santísima, Madre de los Afligidos, perdón para él… y para todos los pecadores!

La cabeza agobiada de la comendadora cayó sobre el pecho, y Gastón, cariñosamente, solo acertó a murmurar:

—Tía…, ¿no habrá sido… una figuración de usted?… Hay así… momentos en que desvariamos…

—¡No! Era él en persona… ¡Podría yo desconocerle! Podría confundir con cualquier ruido su voz, que me dijo…, en un tono tan triste…, como si las palabras saliesen de la pared: «¡Catalina…, te espero…, hasta luego, Catalina!…».

Hizo una pausa, y Gastón vio humedecerse ligeramente las áridas pupilas de la dama, que movía los labios, rezando para sí, sin articular. Gastón, quebrantado aún del viaje y de las penosas impresiones recientes, notaba un vértigo que atribuía al olor subido de las flores, más aromosas cuanto más calentaba el sol. No quería Gastón reconocer que, a pesar suyo, le impresionaban las palabras de la comendadora.

De pronto doña Catalina se enderezó, ya tranquila y al parecer olvidada de sus temores.

—Natural es morir, hijo mío —declaró serenamente—. Otros eran jóvenes y se han ido primero. Eso sí que asusta. Ya no hay más Landrey que tú. A mí la tierra me llama, después de ochenta y ocho años y cinco meses que estoy en el mundo. Tú ahora empiezas la jornada… ¡Cómo te pareces a tu abuelo, al pobre Felipe!… ¡Qué bien has hecho en venir aprisa!…

—En cuanto me avisó Telma. Ayer mismo llegué a Madrid… Ya ve usted, ni veinticuatro horas…

Algo que remedaba una sonrisa, y era más bien fúnebre mueca, animó el semblante amojamado de la comendadora.

—Acércate más, hijo del alma… Ya apenas tengo voz; no puedo esforzarme… Si me paro, no te asustes… Me falta resuello… Soy muy viejecita… Además, tengo frío… Mira, mira…, helada estoy.

La diestra glacial de la comendadora cayó sobre la de Gastón, que sintió impulsos de retirarla, pero se contuvo. Parecíale advertir el contacto de un cadáver: tal estaba de inerte y seca a la vez aquella mano que había debido de ser bella y que conservaba aún las proporciones y el delicado dibujo de una mano patricia.

—¿Eres buen cristiano? —preguntó de improviso doña Catalina.

—Bueno no sé; cristiano sí —respondió no sin extrañeza Gastón.

—Es que, si eres… de esos… que solo creen en la materia…, entonces…, aunque te llames Landrey…, yo… no tengo nada que decirte… ¿Crees firmemente en Dios, que nos perdona…, que nos ha redimido?… ¿Crees o no crees? No mientas… Un Landrey no miente…, sería mucha vergüenza. ¡Sería propio de un villano!

—Creo en Dios —murmuró Gastón sonriendo del, a su parecer, pueril interrogatorio.

—¿Y en la Virgen?

—Y en la Virgen —afirmó el mozo con calor involuntario, más conmovido ya de lo que aparentaba.

Doña Catalina cruzó las manos como transportada de gozo. Después, sin transición, exclamó, fijando en Gastón sus vívidos ojos:

—¿Has estado alguna vez en nuestro castillo de Landrey, cerca de la Puebla de Beirana?

—Nunca, querida tía —declaró Gastón desorientado y algo confuso—. Y eso que siempre me daba curiosidad. Debe de ser una antigualla preciosa… Es decir, con carácter… de eso precisamente, de antigualla. Pero ya sabe usted lo que sucede: se forman planes, se fantasea el viaje…, y hoy por esto y mañana por aquello… se queda todo en proyecto, y corren días y meses y años… Nada, que no he visto Landrey.

—Mal hecho… ¡Lo mismo hicieron tu padre y tu abuelito…!, ¡yo no se lo aprobé! ¡Aquel es nuestro solar, el sitio en que se respeta nuestro nombre, el sitio en que éramos como reyes! ¡Los señores de Landrey! ¡Eso era decir algo! El que fundó el castillo y los señoríos (por cierto que se llamaba como tú, Gastón de Landrey) fue de los que vinieron a ayudar a don Enrique. Me lo contó mil veces mi padre, que eso sí, era estudiosísimo… El estudio es cosa buena cuando no nos aparta de Dios… ¿Por qué decía yo esto?… ¡Ah! Sí, sí… Aquel Landrey o Landroi era ya un caballero muy noble… Sus abuelos habían estado en las Cruzadas, con san Luis… El caso es ser grande en el cielo…, pero, en fin, los que desde hace siglos…

Detúvose la comendadora, fatigada sin duda, y Gastón, que callaba por respeto, empezó a creer que estaba perdiendo el tiempo lastimosamente.

«La pobrecilla ya chochea…», pensó, «Y se le va el santo al cielo… Incoherencias, alucinación… ¡Cerca de noventa años y el claustro!… Querrá que restaure a Landrey y junte allí mesnadas y alce pendón y caldera… ¡Y cómo revela el orgullo nobiliario, su flaco, en pugna con la humildad cristiana! ¡Si supiese que el último Landrey va a carecer de lo más preciso!».

—Mi hermano —continuó la comendadora— pudo titular, y prefirió ser Landrey a secas… Hay condes y duques nuevos, pero los Landrey son todos viejos… ¡Ah! Ya recuerdo, ya sé… Hablábamos del castillo. Digo, no; hablábamos de tu bisabuelo, de mi padre…, que Dios le haya perdonado —y el acento de doña Catalina se quebró en un sollozo—. ¡El pobre!… Esto pasó la noche antes de morir…, porque murió en Landrey, en el cuarto de la parra, que tiene pintada una, al temple… Pues me llamó…, así, en voz alta…:

«¡Catalina!». «Aquí estoy». «¿Me oyes bien?». «Sí, señor, diga lo que quiera». «Acércate, santita…». (Me llamaba *santita* por cariño y por chiste). «Así que yo fallezca, registrarás mis papeles… y quemarás lo que deba quemarse…». «No tenga miedo…». «¡Pero, cuidado…! En el mueble de concha, unas cartas…, ¡las quemas sin leerlas!». «Lo que usted mande, señor…». «Hay también en el mismo mueble…, ¡atiende!, una caja de plata, de resorte…, y dentro, dos papeles doblados y enrollados… de mi letra… Esos sí que los lees… y los guardas… y te guías por ellos para encontrar el tesoro…».

—¡El tesoro!… —repitió Gastón fascinado por la palabra mágica que su tía acababa de pronunciar.

—Así dijo: «el tesoro…». Y me acuerdo bien, que me cogió la mano y me la apretó mucho mucho, y añadió…, ¡verás!: «Es para ti sola…, es tu dote… Te prohíbo que le des nada a Felipe… ¡ni un maravedí! A Felipe no… Es mi enemigo: me ha tratado como a un perro… Sé que me ha llamado *traidor*… Me cree renegado, apestado y maldito… Tú, aquí, encerrada en estas paredes conmigo en lo mejor de tu edad… A cada cual su recompensa… Felipe, el mayorazgo, se lo lleva casi todo… Tú tienes una legítima corta… ¡Más rica tú que él! ¡Para ti el tesoro!…».

Guardó silencio otra vez la comendadora, exhausta por el esfuerzo, pero sus ojos centelleaban. Gastón no sabía lo que le pasaba: el olor de las azucenas le atravesaba como un clavo las sienes, y su corazón latía de esperanza: en aquel momento daba por cuerda y muy cuerda a la monja. Esta, con dolorido acento, articuló despacito:

—Al otro día murió…

—¿Y la caja? —exclamó aturdidamente el mozo.

—¡Ah!… La caja… Es verdad, hijo, es verdad… No, no creas que la perdí… Allí estaba como él dijo, en el mueble de concha…, junto a las cartas…, que olían a esencias…, y las quemé… ¡Qué bien ardieron! ¡Como yesca!

—Pero… la cajita… con sus misteriosos papeles dentro…

—La recogí… ¡No faltaba más!… Aquí la tengo… Espera…, espera.

Y con un movimiento que parecería cómico a quien no fuese capaz de estimar lo que representaba de dignidad y de pudor y de vida inmaculada, la comendadora se volvió hacia la pared, se alzó el escapulario y se registró el seno con una mano que la vejez hacía insegura… Gastón, ansioso, disimulaba la impaciencia y la curiosidad. Vuelta de cara ya la señora, presentó a su sobrino un objeto oblongo, una cajita de plata algo mayor que una tabaquera y finamente cincelada al estilo de Luis XV; cazadores con tricornio y damiselas con peinado de erizón acosaban a un ciervo entre el follaje de un bosquecillo. Gastón tendió la mano vivamente, pero doña Catalina le contuvo sonriendo con alarde de malicia casi infantil.

—El resorte… Si no, ni tú ni diez como tú la abrís…

Y, apoyando de cierta manera la uña del seco pulgar en la charnela de la caja, alzose lentamente la tapa, y Gastón pudo ver en el dorado fondo, enrollado, un papel amarillento. La monja casi reía, gozosa y triunfante.

—¿Eh? Ya lo ves, ahí lo tienes… Sesenta y pico de años hace que lo conservo… Ni un solo día se ha separado de mí…

—Pero, tía —observó enajenado Gastón, que sin poder contenerse se entregaba a férvidas ilusiones—, si poseía usted esto, ¿por qué no buscó el tesoro? ¿O es que ya lo ha buscado usted? No entiendo…

—No, no, yo no lo he buscado… Dios no quiso que lo buscase… Por cosas que… que yo me sé… Desde que me faltó mi padre… ofrecí ser monja… y para eso no necesitaba grandes riquezas. Mi padre había prohibido que el tesoro fuese de Felipe… Pude dárselo a los pobres…, sino que…, no sé si Dios me castigará por esto… La verdad, tengo un delirio por el nombre de la familia…, es falta de humildad, lo conozco… ¡Quería que ese tesoro se lo llevase un Landrey!…

Y, volviendo a apoderarse de la mano convulsa de Gastón, añadió bajo, casi al oído del mozo:

—Tú puedes hacer que Dios me perdone esta debilidad… Eres cristiano, hijo mío… Usa del tesoro, no como pagano, sino como cristiano… Las riquezas son un depósito… No abuses, no derroches, reparte con los infelices… y acuérdate también del alma…, de la tuya…, de la mía…, y sobre todo de la de mi pobre padre… Esto último no te lo encargo, que te lo mando…, ¿lo oyes? Te lo mando con un pie en la sepultura…

—Prometo a usted hacer lo que desea —declaró Gastón subyugado, lleno de fe en el tesoro.

Y, tomando la cajita, apresurose a desenrollar el papel que contenía, con ansia de leerlo. Antes de que lo hiciese, recordó de súbito y exclamó:

—Mire usted, tía, que usted habló de dos papeles…, y aquí hay uno, uno no más.

Indescriptible expresión de pena cavilosa oscureció el mirar de doña Catalina. Su cabeza tuvo un tembloqueteo senil y sus manos se enclavijaron, como si pidiese misericordia.

—¡Yo, yo destruí el otro! —gimió desconsolada.

—¿Usted? ¿Por qué?… ¿Lo destruyó usted a propósito? ¿Qué era?

—Era el que más valía… ¡Era el plano!…

—¡El plano! —repitió Gastón—. ¿Un plano del castillo, sin duda?

—Del castillo y de sus alrededores… Con tinta azul, y señalcitas de puntos encarnados… Hecho por él mismo… ¡Si tenía una cabeza, un saber de todo!

—¿Pero y cómo destruyó usted ese documento…?, ¿cómo fue?…

—Porque… ¡Verás!… Yo, en el mundo, padecía síncopes… y unas congojas…, así como convulsiones… Cuando me encerré sola a quemar aquellas cartas… ¡las de las esencias!, mientras ardían, abrí la caja esta de plata…, saqué los papeles…, los estuve mirando…, y cátate que de improviso me da el ataque… No quiero llamar, porque las cartas no las debía ver nadie… Lo pasé allí, sin auxilio… Caigo, junto al fuego… El plano enrollado rueda a la chimenea… Y gracias a Nuestra Señora que no ardí yo…, pero se me tostaron las suelas de los zapatos. Milagrosamente me salvé.

—Y el otro papel…, no el plano…, ¿a ver qué dice? —exclamó Gastón sin acertar a reprimir su impaciencia.

Y, desenrollando el papelito, vio que solo contenía escritos, en muy clara letra, estos renglones: «Hallarás lo que buscares si guiado por el norte sigues el camino de los antiguos en peligro de muerte. Las piedras viejas son las más preciosas, y el que se humille se ensalzará».

—¿No sabe usted qué significa esto?… —interrogó el mozo, que encontró el texto, más que oscuro, negro como boca de lobo.

—No, hijo mío… Con el plano, de seguro se entendía… Yo no hice nada, y ahora mi cabeza… Ya ves… ¡Los años!… Pero en Landrey lo entenderás perfectamente, tú que eres muchacho y listo… Guarda esa cajita, ¡guárdala!, y vete, que es cerca de mediodía, se acaba la hora de locutorio, y vendrán a llamarme… Y, si cumples lo que me ofreciste…, ¡Dios te bendiga!…

Doña Catalina alargó sus brazos flacos y cogió la bonita cabeza pelicastaña de Gastón, pegando el rostro a la blanca frente juvenil del último de su linaje. Un hielo mortal serpenteó por las venas del mozo; pensó que acababa de besarle un fantasma sin labios.

~CAPÍTULO IV~

Gusanillo

Salió Gastón del convento fluctuando entre la convicción y el escepticismo. Su convicción era involuntaria; pero su incredulidad, sostenida por el amor propio cifrado en no caer de inocente, no se fundaba únicamente en lo enigmático del texto del papel y en la destrucción del plano, sino en lo inverosímil de que existiese nada menos que un tesoro, soterrado de un modo tan novelesco, en un sitio tan romántico y llegando tan a punto para salvar de la ruina a la casa de Landrey. ¡Vamos, si tenía que ser a la fuerza una paparrucha, una quimera nacida en el pobre meollo de una monja alelada! A pesar de la caja, que apretaba contra su pecho —y que instintivamente en el tranvía cubrió con ambas manos, por defenderla de algún rata—, Gastón temía ser ridículo ante sí propio, si prestaba fe absoluta a la historia.

Lo que más influye en que nos parezcan irreales los sucesos es la comparación con un medio en el cual esos sucesos no encajan. Venía Gastón de París, saturado de aquel ambiente positivo y prosaico, sin más aspiración que el goce material del momento presente, y la comendadora, siempre con la vista fija en lo pasado y en lo porvenir, tomando la tierra como tránsito, existiendo únicamente para expiar las culpas de su padre y para evocar las memorias de su raza, era como figura de cuadro o de tapiz, algo artístico, singular e interesante sin duda, pero tan fuera de la realidad como los santos de piedra de los viejos pórticos...

—La chifladura se pega —cavilaba el mozo—, y, si estoy con la buena señora una horita más, ¡nada!, que me creo lo del tesoro a pies juntillas.

Sin embargo, Gastón notaba cierta calentura, esa fiebre ligera que acompaña a los accesos de esperanza violenta y repentina. Pasó el día vagando por Madrid, sin decidirse a ver a nadie, y se acostó temprano, como hombre que tiene mucho que conferir consigo mismo. Durmiose pronto pesadamente, y soñó cosas raras: viose descendiendo a un negro subterráneo por torcida escalera de caracol; delante de él, guiándole, iba un espectro con hábito monástico, que llevaba en sus manos descarnadas —manos de esqueleto— una linterna, la consabida linterna sorda de las novelas y de los dramas espeluznantes. El espectro, al deslizarse por los peldaños de la húmeda y resbaladiza escalera, producía un medroso ruido de choque de huesos, y los pliegues del hábito, al pegarse al cuerpo, diseñaban planos sin carne y palillos mondos y lirondos. La luz de la linterna, al caer sobre la pared, dejaba ver fungosas vegetaciones, e inmundos insectos, asustados, correteaban en busca de los rincones oscuros. Bajaban y bajaban, sin encontrar nunca el término de aquella escalera horrible, que sin duda se perdía en las entrañas del planeta, buscando su centro. Gastón anhelaba de cansancio, pero el espectro seguía bajando cada vez más aprisa, y era preciso ir tras él hasta el mismísimo averno. Allá abajo, en la sombría profundidad última, Gastón divisaba un punto rojo y, a medida que descendían, el punto se agrandaba, cundía, acabando por ser la boca de un horno gigantesco, en que ardía —¡temeroso espectáculo!— un monigote con chupa y casaca, un pelele de principios del siglo, retorciéndose entre las llamas sin consumirse... Y el espectro, de pie ante el horno, sollozaba:

—¡Agua bendita! ¡Agua bendita! ¡Trae agua bendita, Gastón!...

En este punto del sueño despertó el mozo. Notaba una sed devoradora, y tendió la mano, cogiendo la copa sobre la mesa de noche. Cuando bebía con ansia, la puerta se abrió, penetró Telma lo mismo que un rehilete, abrió atropelladamente las ventanas por donde entró la luz del día y se plantó delante de la cama, exclamando en voz que entrecortaba el llanto:

—Señorito… Señorito…, la señora comendadora…

—¿Qué… qué ocurre?

—¡Ay, señorito!… ¡Acaban de traer el recado! Esta noche…

—Ha muerto, ¿verdad? —preguntó el mozo, que recibía la noticia en aquel instante sin la menor sorpresa, como si se tratase de un hecho previsto.

—Sí, señor… ¡Ay, Jesús! ¡Señorita querida mía, que era como mi madre! ¡Santa de mi alma! —exclamó Telma, derramando lágrimas abundantes.

—Voy ahora mismo al convento… —declaró Gastón mientras salía la criada, sofocada de pena.

Y, en efecto, ni una hora tardó el sobrino de doña Catalina en pisar nuevamente el locutorio del convento: solo que de esta vez le recibió la abadesa, dama cincuentona, gruesa, afable y de porte señoril con ribetes mundanos, porque antes de vestir el noble hábito, doña Francisca de Borja Mascareñas y Quevedo había frecuentado más los salones que las iglesias, y de su conversión se habló bastante, atribuyéndola a rudos desengaños o, como decía ella en su gracioso y expresivo lenguaje, a bofetones en el alma. Lo que refirió la abadesa a Gastón fue lo que era de suponer sobre el caso, ni impensado ni sorprendente, del fallecimiento de una monja tan anciana:

—Muy viejecita, muy viejecita era la pobre… Ya nos temíamos lo que ocurrió y, cada noche que se recogía, decíamos: «¿Se levantará la madre Catalina?». Así es que dormía a su lado una lega, por precaución, y gracias a tal medida no careció de auxilios en sus últimos momentos. Pudo recibir —y no fue pequeño consuelo para ella y para todas nosotras— el viático y la extrema. ¡Alabado sea el Señor! Murió con una paz… Estaba contentísima de haberle visto a usted… Eso me lo decía ayer tarde. ¿Y sabe usted que desde hace unos quince días andaba con el tema de que se acercaba su último instante? Era un presentimiento, sin duda…

—¿Pero de qué murió? —preguntó Gastón afanoso—. ¡Porque estaba tan bien, ayer, tan locuaz, tan entera!

—¡A esa edad! De muerte natural…, ¡de acabársele la cuerda al reloj! Nada, un ataquillo de asma, que para una persona joven sería cuestión de toser y carraspear un poco… Pero ella no tenía fuerzas para mondar la garganta, y la menor cosa ¡psé!, ¡una flemita!, basta para ahogar a un anciano… No somos nada…, ¡una miseria! Al volver la cabeza así… se acaba todo, alegría, ilusiones, proyectos, gustos y disgustos… Asustaría si lo pensásemos bien.

—¿No puedo verla? —preguntó Gastón, que sentía el pecho oprimido y el corazón en un puño.

—Está de cuerpo presente, en su cama, y las celdas son clausura… No, no es posible… ¡Y es lástima, porque si viese usted qué natural se ha quedado! Hasta parece joven… El funeral se cantará ahora, dentro de poco, en la iglesia, y bajarán el ataúd ya cerrado: y esta tarde se dará sepultura al cadáver. ¿Desearía usted conservar algún recuerdo de su tía? Puedo darle a usted el rosario que usaba, con las medallitas…

—Mil gracias, señora —contestó Gastón inclinándose—. Poseo un recuerdo de la tía Catalina, que ella misma, en previsión de la desgracia, me entregó ayer.

Y, como la abadesa le mirase con cierta curiosidad, Gastón añadió sencillamente:

—Una tabaquerita de plata… Pero, si ustedes creen que no tengo derecho a conservarla, estoy pronto a devolverla.

—¡Santo Dios! —dijo cortésmente la abadesa—. Hizo divinamente; que usted la disfrute mil años. Le quería a usted mucho, y bien puede usted rogar por ella, aunque creo piadosamente que es ella la que debe interceder por nosotros.

—¡Ojalá que de aquí a un año les regale yo a ustedes, en compensación de la tabaquera, una santa Catalina de plata maciza! —añadió Gastón—. Si algo se le ocurre a usted que mandarme… Esta tarde misma necesito salir para una finca que tengo allá en Galicia, en la Puebla de Beirana… A no ser que necesiten ustedes ordenarme cualquier cosa relativa al entierro de la tía, que entonces…

—Que santa Catalina le dé a usted feliz viaje —contestó la abadesa sonriendo, mientras el mozo besaba respetuosamente la manga de su hábito.

Al salir del locutorio Gastón entró en la iglesia. Empezaban los preparativos del funeral y se alzaba en el centro el túmulo, vestido de paños negros orlados de galones de oro apagado y mustio. El monaguillo arreglaba las hachas en los grandes hacheros. A poco bajaron la caja forrada de paño negro también y el sacristán ayudó a colocarla sobre el catafalco. Cuatro o seis caballeros de la Orden, avisados temprano, mal despiertos aún, iban acomodándose en los bancos de la nave. Uno de ellos, el conde del Sacrovalle, divisó a Gastón apoyado en un pilar, y lo llamó con la mano, brindándole sitio en el banco, a la cabecera. Encendidos los altos cirios, cuya llama chisporroteaba vivamente, poblose el altar de sacerdotes con negras vestiduras, y en el coro aparecieron las siluetas de las monjas, visibles tras el espeso enrejillado de madera. El órgano empezó a quejarse, acompañando las voces de los sacerdotes que clara y ahincadamente entonaban las plegarias y las invocaciones graves, tan humanas en su terror, del Oficio de difuntos.

Gastón escondía la cara en el pañuelo. Sentía como si unos dientes sutiles y agudos se le hincasen dentro, muy adentro, a su parecer más allá del corazón, en un lugar que, por lo recóndito y lo sensible, debía de ser el ápice de la conciencia. No podía Gastón atribuir tal efecto al dolor de haber perdido a doña Catalina: si es cierto que la quería bien, poco lugar ocupaba en su vida. Ningún vacío le dejaba la comendadora: sus muchos años hacían de su muerte algo previsto, que no arrancaba lágrimas. No: lo que sentía Gastón era un torcedor íntimo, una cólera secreta contra sí propio, esa sensación oscura que lentamente se condensa para formar el sentimiento de la responsabilidad moral. Era la detestación de nosotros mismos, la censura —más que ninguna severa— que hacemos de nuestros propios actos; era el juez interior que tantas veces duerme, pero que cuando sacude la modorra nos registra el alma y nos condena sin defensa ni apelación, porque tiene las pruebas, la evidencia en la mano… Del enlutado ataúd, Gastón creía que se elevaba una voz, preguntando: «¿Eres cristiano?». Y que el juez, el rígido juez de negra toca, respondía: «Como si no lo fueses… Lo has sido en el nombre, ¿pero en los hechos? ¿Cuándo te has acordado tú de Dios? ¿Cuándo has pensado en el prójimo? ¿En qué y cómo has dilapidado tu hacienda? Buen comer, regalo, deleites, ociosidad… ¿Y qué más hicieras si fueses pagano? ¿Eras cristiano cuando al salir de una cena desordenada, en una noche fría, por no desabrocharte el gabán de pieles no dabas limosna? ¿Eras cristiano, ni aun caballero, cuando por un quítame allá esas pajas, en aquella solitaria encrucijada del bosque de Bolonia, le abrías la cabeza a tu mejor amigo? ¿Eras cristiano, ni aun caballero, cuando con tu derecha apretabas la mano del duque de Argentán, mientras en tu izquierda crujía un diminuto billetito de su esposa? ¿Eras cristiano cuando…?».

La lista fue larga, y Gastón seguía con el pañuelo sobre el rostro, escuchando al inflexible juez. «¡Y todavía te indignas porque, aprovechando tus horas de culto a los ídolos, un bribón te ha robado la bolsa! Para lo bien que tú la empleabas… ¡Y todavía serás capaz de desenterrar el tesoro de Landrey y darle el mismo paso, iguales despachaderas que a la hacienda que te dejó tu madre! ¡Ay de ti si con tal objeto descubres ese tesoro! ¿No sé yo acaso que ayer, al soñar con él, pensabas en nuevos goces, en nuevas locuras?…». Y aquí el invisible juez tomaba forma humana: era doña Catalina, del color de la cera, con los párpados cerrados, la nariz afilada, la boca sin labios, las manos en los puros huesos, toda ella de una catadura tan espantable y temerosa que Gastón quitaba el pañuelo y miraba al ataúd con ojos de loco…

Entretanto, resonaban los sublimes acentos del *Dies irae*, y el viejo conde del Sacrovalle decía al derrengado marqués del Altocueto:

—¿Sabe usted que noto al sobrino muy afligido? Tiene buenos sentimientos ese muchacho…

La misma noche, en el tren correo, salieron Telma y Gastón hacia el noroeste, con rumbo al castillo de Landrey.

~CAPÍTULO V~

Landrey

De tres maneras tuvieron que viajar Gastón y su leal servidora antes de sentar el pie en el castillo: al dejar el tren, tomaron la diligencia que por una carretera provincial descuidada conduce a la Puebla de Beirana y, antes de llegar a la Puebla, alquilaron dos peludos y trasijados rocines con su espolique y bagajero para el trozo sin camino practicable que conduce a «las torres».

Al pronto, en aquella hora del crepúsculo, Gastón no distinguió, de su casa solar, sino una masa informe, un hacinamiento de construcciones pintorescas destacándose sobre el fondo de un celaje verde claro, más bien que azul, realzado al poniente por una franja de oro pálido, blanco casi. Armado de una vara de mimbre cortada en un seto, Gastón arreaba a su fementida cabalgadura, cuyos cascos golpeaban duramente la calzada de piedras, desasentada ya e invadida por las hierbas, que conducía a la alta puerta del patio de honor, flanqueada por cubos o tamboretes, y superada por gallardo escudo con penachos de hiedra. La decoración entrevista pareciole grandiosa. Al mismo tiempo, sintiendo que le lastimaba la grosera albarda del jaco, se acordó de sus lindos ponis de París, hoy vendidos, y pensó con melancolía que probablemente nunca le sería dable oprimir el lomo de otro animal tan fino y tan ardiente como Digby, hijo del famoso Douglas I y de la yegua árabe Zelmira, traída de Argel por el coronel de *spahis* La Morlière… El hombre viejo, el civilizado epicúreo, renacía ya, sin querer.

Ocurriósele, además, que iba a pasar una noche de perros, y varios días y noches no más agradables, porque el tal castillote debía de estar incivil, después de tantos años que no se habitaba. El mayordomo, de quien solo sabía Gastón que se llamaba don Cipriano Lourido, y que era alcalde de la Puebla, si bien no había sido avisado de la llegada del amo, una cama, al menos, se la podría ofrecer. Con esta confianza empujó la cancilla de troncos sin labrar que sustituía al portón bardado de hierro, y penetró en el patio, llamando a gritos por alguno. Telma, apeándose ágilmente, comenzó a gritar también. El áspero ladrido de un perro fue la única respuesta. La puerta del castillo estaba cerrada a piedra y lodo. Por fin, a una ventana con reja se asomó un rostro lleno de arrugas, y una vejezuela preguntó con hostil acento:

—¿Quién anda por ahí?

Telma, en dialecto, respondió, no menos enojada:

—Es el asno, el señorito, el dueño de esta casa, y, si no abrís pronto, veréis lo que os sucede.

La bruja desapareció y por diez minutos no se oyó nada; diríase que era un castillo encantado. Entonces el bagajero, rascándose la cabeza con sorna, dio su parecer:

—Convendría que el señorito bajase a aposentarse en la Puebla, porque don Cipriano Lourido había más de cuatro años que no vivía en el castillo; como que tenía en la plaza una casa muy magnífica… Allí, en el castillo, solo estaban unos caseros, puestos por Lourido mismo… Era dudoso que abriesen a tales horas.

—¿Y por qué no me dijiste eso cuando me bajé de la diligencia, pavisoso? —exclamó Gastón.

—Señorito…, ¡porque no me preguntaban!… —repuso el bagajero con gran flema.

Iba el castellano de Landrey a montar en cólera, cuando corrieron unos rechinantes cerrojos, abriose la puerta y el casero, receloso y humilde, apareció murmurando:

—Buenas noches nos dé Dios…

A la luz de una mala candileja de petróleo, subió Gastón la escalera de piedra que conducía a un piso alto. Eran aposentos vastísimos, salones más bien, con desconchadas pinturas al temple y restos de un mobiliario que debió de ser suntuoso, pero que se caía a pedazos, destruido por el abandono y la humedad. En algunas partes el techo se encontraba agujereado, y el chorreo de las goteras había podrido el piso, cuyos carcomidos tablones cedían bajo el pie. Notábanse también sitios vacíos donde habían existido muebles, y tablas arrancadas, quién sabe si para cebar el fuego en una noche de invierno. Telma, recorriendo todas las habitaciones mientras Gastón comprobaba estos detalles, volvió despavorida: ¡no había sábanas, no había manteles, no había comida, no había leña, no había nada, nada, y allí era imposible vivir!

—Una noche se pasa de cualquier modo, mujer, y mañana Dios dirá —respondió el mozo haciendo de tripas corazón—. Aún tenemos fiambres del viaje, y hay media botella de ponche sueco. Dormiré envuelto en mis mantas, y tú te arreglarás con tus mantones. Paciencia…

—Yo, si lo siento, es por el señorito —contestó la criada—. Lo que es por mí… ¡Ay, señorito!, este castillo pone miedo a cualquiera. Cuando salí de aquí tenía yo dos años; me llevó consigo doña Catalina, que me quería mucho, y después quedé con don Felipe, su abuelo de usted, que en paz descanse… No sé cómo estaría esto en vida de don Martín; pero, siendo ya muchachona, vine a asistir a mi padre cuando murió y me acuerdo muy bien de que aquí no faltaba cosa ninguna: ni el mueble de seda, ni las camas con adornitos de metal, ni la blancura en los armarios, ni los relojes riquísimos, que los trajera don Martín de Inglaterra… Mi padre lo cuidaba todo, y daba gloria ver estas habitaciones. Pues no ha pasado tanto tiempo, ¡treinta y tantos años! ¿Dónde va la riqueza que aquí había? El casero dice que a él se lo entregaron así…

No hizo objeciones Gastón. Aunque ardía en deseos de registrar su morada, comprendiendo que sin luz sería imposible, resolvió despachar el ala de pollo y la terrina de hígado trufado que aún le quedaban y, enrollando al cuerpo la manta, se tendió sobre un canapé imperio, desvencijado, ratonado y con hernias de pelote.

Ya se deja entender que dormiría medianamente, y que no fue menester que le despertase el vigilante gallo. A la primera luz matutina se puso en pie molido como cibera y, sacudiéndose y esperezándose, examinó mejor la sala donde había pasado la noche, encontrándola, si cabe, más maltratada y lastimosa. Sin embargo, una nota alegre y fresca le regocijó; era una golondrina, que, entrando por la ventana sin vidrios, exhaló un pitido al huir asustada de la presencia de un ser humano.

Al pronto Gastón, sorprendido, ni recordaba por qué estaba allí, en aquel desmantelado salón. Recordó de súbito, y la idea del tesoro se le figuró entonces un gracioso disparate inspirado en una novela del género de Ana Radcliffe. «¡Haber venido aquí por eso!», pensó, embromándose a sí mismo. La verdad es que no era por eso solo; también huía de la trapisonda de sus asuntos en Madrid, de las caras compasivas o desdeñosas que suelen ver los tronados; huía de los compromisos, del veraneo en Biarritz o en Bélgica, en el suntuoso *château* moderno de la Casa-Planell, de todo lo que antes formaba su placer y su costumbre… Volvía a Landrey, a la casa de la familia arrojado por la tempestad. Sin embargo, el tesoro había sido la estrella de su peregrinación… «¡El tesoro!». Llamó risueño a Telma y, sacando de la cartera algunos billetes —porque el día de la marcha había malvendido a la Pimiento, corredora de alhajas, diez alfileres de corbata primorosos, entre ellos el de la lágrima negra, perla muy rara que perteneció a Sara Bernhardt—, dijo perentoriamente:

—Hoy mismo traerás de la Puebla lo necesario para ti y para mí… Ropa blanca sobre todo… Buscarás un carpintero y un alba-ñil… ¡Ah!, y un vidriero… Hay que poner habitables dos dormito-rios, un comedor y la cocina… Después veremos…

—Beba el señorito esta leche —suplicó ella presentándosela en grosero cuenco de barro.

Gastón la bebió de bonísima gana, y Telma añadió:

—¡Si viese cómo escondían la vaca y regateaban la ordeñadora los bribones de los caseros! Se la he sacado a tirones…

—¡Págales, págales su leche!

—¡Valientes pillos! ¡Como si no fuesen del señorito los prados y el dinero de la aparcería y el establo y todo! —refunfuñó Telma saliendo con aire belicoso, dispuesta a volver patas arriba la Puebla en un santiamén.

Emprendió Gastón la exploración del interior de su residencia, y volvió a comprobar su estado lamentable. Lo que más le llamó la atención fue que, aparte de la acción del tiempo y del abandono, había sitios en que colaboraba con ellos la mano del hombre. En los techos, sobre todo, notábanse huellas de vandalismo; las vigas arran-cadas y el pontonaje descubierto. Varios salones, amueblados antaño, carecían de mobiliario, no quedándoles más que algunas sillas cojas, ordinarias, que jamás debieron de pertenecerles. Y, cosa más singu-lar aún, en las paredes, donde no era posible que el edificio hubiese sufrido tanto, a raíz del piso, notábanse grandes espacios que sin duda se habían desmoronado, cuidadosamente recompuestos con recebo y llano muy recientes.

Buscando la escalera por donde penetraron la noche anterior, Gastón salió al vasto zaguán, y de allí al patio, deseoso de dar un vistazo a la parte exterior del castillo. En la tupida vegetación que alfombraba el patio, solo blanqueaba un sendero, abierto por el paso de la gente. La fachada que caía a este patio era la del cuerpo de edificio donde había dormido Gastón: fachada relativamente moderna, de mediados del siglo XVIII, que decoraba una portada con columnas corintias y un escudo barroco con casco y cimera de plumaje enroscado.

—Este es —pensó Gastón— el Pazo, construido por mi tatarabuelo, a quien debía de parecerle y, con razón, muy incómodo el castillo.

A la derecha alzábase una tapia, la del huerto, cuyos manzanos y perales sobresalían del caballete; y a la izquierda una recia poterna abovedada daba acceso al recinto del castillo. Faltaba la puerta, y Gastón se metió libremente en el recinto donde, como guerrero símbolo de la gloria, crecía denso matorral de laureles, árbol que vive a gusto entre las piedras. Desviando aquella maleza aromática y trepando por una brecha del derruido parapeto, llegó Gastón al segundo recinto y rodeándolo se halló al pie de la blasonada puerta de medio punto, de bien cortadas dovelas. Era la torre del Homenaje, todavía erguida y almenada, que dominaba el conjunto propiamente llamado *el castillo*, obra que en el fino ajuste de sus piedras y en la solidez y elegancia de sus proporciones, así como en el diseño ojival de sus ventanas, proclamaba a voces ser construcción del siglo XV, época de esplendor para los señores de Landrey, ya entonces bien arraigados en el país y siempre protegidos de los reyes de la casa de Trastámara.

Prolongábase el recinto fortificado hasta mucho más allá de la torre y formaba una especie de arrecife sobre el valle, indicando cuánta tuvo que ser la resistencia y poderío de aquel castillo, frecuentemente amenazado en las guerras de Portugal y en las luchas intestinas que señalaron el advenimiento al trono de la primera Isabel, en perjuicio de doña Juana, la Beltraneja. Parte del recinto, el que gozaba del medio día, se había utilizado para construir el Pazo y plantar el huerto; en otra parte se cosechaba maíz; pero todo un lado, el que dominaba el río, encontrábase lo mismo que en tiempo de los Landrey belicosos. Derruidos paredones, zarzales y hasta robles ya corpulentos obstruían los baluartes a los cuales el río servía de inexpugnable foso natural.

En la parte más saliente de la especie de península que formaba el conjunto del castillo, Gastón se detuvo al pie de otra torre, o por mejor decir, de las cuatro paredes ya en parte desmoronadas de un alto y angosto torreón, erguido y majestuoso, negruzco y cayéndose de vejez con saeteras y pocas y estrechas ventanas, a todas luces muy anterior al castillo. Aquel era el verdadero solar, la primitiva madriguera del compañero de Beltrán Claquín, del hijodalgo bretón que vino a hacer casta en tierra española; y Gastón, penetrado de cierto respeto inexplicable, se paró al pie de la torre, cuya puerta, muy baja, obstruía un montón de piedras.

~CAPÍTULO VI~

El norte

En esta exploración del conjunto de Landrey se le había pasado la mañana a Gastón, pues era vasto el circuito, las construcciones, muchas y el mozo, imbuido y guiado sin advertirlo por la secreta ilusión del tesoro, se detenía involuntariamente más de lo razonable a reconocer la configuración de una muralla o la dirección de un pasadizo. Despierto el apetito con el aire puro, volviose a casa a esperar a Telma, que de allí a poco apareció por la calzada seguida de un borrico cargado de trastos y de dos fornidos gañanes portadores de varios bultos y líos. No se desdeñó Gastón de ayudar a la descarga, hecha la cual, Telma se dio prisa a aderezarle algo que comiese, dejando para después el acomodo del ajuar.

—Señorito —advirtió Telma alzando los manteles—, casi no he gastado nada, porque no encontré dónde comprar ropa ni colchones. Todo viene prestado; ¿y sabe quién nos lo presta? ¡El caifás de Lourido! Del lobo un pelo. Me salió al encuentro, hecho pura jalea, y tumba con que el señorito no debía venir sin avisarle y vuelta con que fuese a parar en su casa, donde hay todas las comodidades, y que aquí el señorito no puede vivir. Y ahí tiene, que los colchones son de don Cipriano y el quinqué, de don Cipriano; y solo pude comprar el mineral, los platos, las ollas y las sartenes… Para eso, don Cipriano me obsequió con un paquete de café molido y unos dulces… ¡Si levantase la cabeza doña Catalina y viese al señor de Landrey obsequiado por Lourido, que llegó a casa en pernetas —bien me acuer-

51

do— y que la primera noche le hizo mi padre fregar con estropajo la cara, porque daba asco de tanta roña! ¡Si traía el hombre cazcarrias del año que se las pidiesen!

—Telma —preguntó Gastón interrumpiéndola—, tú que has vivido mucho tiempo en esta casa, explícame… Aquí hay una torre muy vieja, muy vieja. ¿La recuerdas habitada alguna vez?

—¿Dice esa tan negra, tan fea, que la llaman de la Reina Mora? —respondió Telma riéndose.

—¿De la Reina Mora? —repitió Gastón sorprendido.

—¿No sabía que tiene ese nombre? Verdad que como el señorito no ha estado aquí nunca… Esa torre, señorito, es la abuela de todas, la que dicen que se edificó primero, hace una barbaridad de años. Y también cuentan…, ¿pero quién da crédito a mentiras?, que en esa torre estuvo presa una mora, muy guapísima, una reina de allá entre ellos, que la trajo de la guerra un señor de Landrey; y que la mora se puso muy triste de verse así emparedada, y se quedó seca seca hasta que se murió. La enterraron con unas alhajas que tenía magníficas, collares y pulseras y pendientes y muchas preciosidades, allí mismo debajo de la torre, en una cueva atroz que no se sabe a dónde va a parar…, como que anda diez leguas arreo por debajo de la montaña. ¡Cuentos, cuentos! —añadió Telma echándola de espíritu fuerte.

Oía Gastón con palpitante interés. La popular conseja, enlazada en su imaginación a los datos auténticos que él solo conocía en el mundo, le causaba una excitación indescriptible. En su exploración matinal no había dejado de orientarse y de advertir que la caduca y semidesmoronada torre caía al norte con tal precisión como si fuese la aguja imantada y Landrey, un inmenso navío. Recordaba las palabras del manuscrito, que se había aprendido de memoria: «Hallarás lo que buscares, si guiado por el norte…». A hacer su gusto inmediatamente se volvería a la torre, para seguir registrando, ya con doblada insistencia, sus piedras reveladoras; pero se lo estorbó una visita intempestiva: la del señor Lourido en persona, que, apeándose de una redonda y bien cuidada yegüecilla castaña, subía las escaleras todo lo apresuradamente que su obesidad permitía. La adversidad había empezado ya a adiestrar a Gastón, y el instinto le dictó recibir al apoderado con muestras de cordialidad y contento, lo mismo que si estuviese encantado de sus buenos oficios y hubiese hallado a Landrey en el estado más floreciente.

«A este es preciso verle venir», pensó mientras observaba con atención la cara de don Cipriano, tosca y vulgar, colorada y morena, pero con rasgos de incomparable astucia y disimulo en los diminutos y recelosos ojuelos, en la arremangada nariz y en la voraz y blanquísima dentadura, que conservaba intacta a los cincuenta y cinco años.

Don Cipriano venía, claro es, a saludar al señorito; a dolerse de que no le hubiese prevenido de su llegada, en cuyo caso le esperaría en la estación, y le traería mejor montado y atendido, no a Landrey, sino a la Puebla, porque estarse en Landrey era una locura, y el señorito no debía tardar nada en bajar a residir en casa de don Cipriano, donde podrían muy en paz tratar de los *asuntos* —y Lourido recalcaba la palabra, dándole especial significación—.

—Mil gracias —dijo Gastón con cortesía—; pero yo he venido para vivir en Landrey—. Me dolía que este castillo estuviese deshabitado, abandonado...

—Se han hecho en él muchísimas reparaciones, señorito —contestó precipitadamente el apoderado—, y eso que no había... —Ademán expresivo de refregar el pulgar contra el índice—. Yo no cesaba de remendar... —Y, así diciendo, señaló a la pared.

— Ya veo que allí se ha trabajado —declaró Gastón—, pero, en cambio, las vigas de los techos parece que están arrancadas a propósito...

Dijo estas palabras Gastón en tono chancero, para que no sonasen a represión, y no pudo menos que sorprenderle el efecto que causaron en Lourido, cuyos ojos cautelosos e inquietos se revolvieron en las órbitas a estilo de los del ratón cogido en la ratonera y que no sabe por dónde salir.

—El señorito —articuló al fin con voz turbada—, no sabe lo que es una casa vieja… Allá por las tierras donde anduvo el señorito, las casas son nuevas… ¿Piensa el señorito que las vigas son de hierro? ¡Los años pueden mucho…, las vigas se caen!…

—Ya lo sé —respondió Gastón diplomáticamente—. Comprendo bien que habrá usted tenido que luchar con mil dificultades… No, si no es que me queje. Al contrario: tengo que darle a usted las gracias por todos los trastos que hoy me envió. Si no es por usted, no duermo entre sábanas…

—Créame el señorito —insistió Lourido ya más sereno—. Véngase a la Puebla, y no viva más entre polilla y *ratos*. En mi choza no carecerá de nada.

—Ya me han dicho que tiene usted la mejor casa del pueblo… —murmuró Gastón—, y se la envidio, pero por ahora quiero estarme entre estas paredes ruinosas.

—El castillo está cayéndose; si el señorito piensa hacer obras, mírelo bien antes —indicó Lourido—; porque le tiene que costar miles y miles de pesos… Ya hablaremos de esto, señorito, porque usted ignora muchas cosas de que yo le puedo enterar, y le conviene antes de dar paso ninguno: el que llega de fuera viene con los ojos cerrados. Sería una lástima meterse en trifulcas.

—Ya bajaré a la Puebla a tratar de eso con usted —repuso Gastón, disimulando la ironía—, y crea que sin su acertadísimo y amistoso consejo no emprenderé nada. En efecto, estoy a ciegas.

—Me parece que sí —declaró perentoriamente el apoderado, cada vez más tranquilo, y reventando de importancia.

Prolongáronse visita y ofrecimientos hasta muy entrada la tarde, y Gastón, por aquel día, renunció a curiosear sus dominios. Acostose con las gallinas y madrugó al día siguiente, saliendo cuando la aurora principiaba a dorar las cimas del hemiciclo de montañas que por dos lados circunda a Landrey. Si altas razones de discreción no nos lo vedasen, aquí venía a pelo especificar dónde se extiende esa comarca deleitosa; pero sea lícito decir que Landrey está situado en la falda de una de las sierras en que expiran, entre los cabos Ortegal y Finisterre, las últimas ondulaciones, apenas sensibles, de la cordillera Cantábrica.

Gastón, al dirigirse tan de mañana a la torre, llevaba el propósito de trepar hasta su mayor altura y dominar el panorama completo. No sin trabajo consiguió salvar las gruesas piedras y los escombros hacinados ante la puerta, y muy arañado de manos saltó al interior. Era mayor allí la ruina. Trozos enteros de pared, desmoronándose, habían atascado la sala baja, siendo muy arduo reconocer su forma. Gastón ascendió por los escombros hasta poner el pie sobre una de las piedras salientes donde se sostenían la escalera y la armazón del piso. Aprovechando este auxilio y las mismas desigualdades de la pared, y no sin riesgo de caer de cabeza sobre los derrumbados sillares; cogiéndose a las plantas parásitas que cedían bajo su mano, y con una audacia loca, logró llegar a donde aspiraba: a la ventana del último piso de la torre. Ya en ella, pudo acomodarse con toda seguridad, pues el hueco de la ventana, con sus dos poyos, formaba una especie de gabinete y ofrecía asiento seguro su antepecho. El elegante marco de la esbelta ojiva encerraba un cuadro maravilloso.

Gastón, al pronto, sintió mareo. La torre, por aquel lado, se fundaba en escueta roca que descendía al río, si no tajada, al menos en rápido declive; natural defensa que no habían desaprovechado los fundadores. Al fin se serenó Gastón, familiarizándose con la altura, y requirió sus gemelos marinos, de los cuales viajando no se separaba nunca. Graduolos y se recreó en el paisaje. La sierra apenas dibujaba, en lontananza, seis crestas blandas, de un violeta suave, como el de un collar de amatistas, y al pie de la torre, el río, uno de esos ríos gallegos profundos y callados, que ni se secan ni se desbordan, iba ensanchando su curso hasta desembocar en el mar, formando antes la apacible ría que baña el arenal de la Puebla, reluciente a los primeros rayos del sol como polvillo de oro. La línea del mar era de rosado nácar con vetas de azul turquesa, y los grandes bosques, en la vertiente, de un verdor fino, primaveral. Una paz encantadora, una alegría juvenil ascendía de la naturaleza, que parecía salir de un embalsamado baño de rocío.

La Puebla la veía Gastón tan distintamente, con su caserío blanco de techos rojos entreabiertos a manera de abanico de cinco varillas —las únicas cinco calles algo importantes del pueblo— que hubiera podido contar las casas, como podía contar las lanchas pescadoras que, izando la airosa vela latina, se desparramaban ya por la opalizada extensión del mar. La plaza de la Puebla se le metió por los oculares a Gastón, y vio, en la torre de la humilde iglesia parroquial, el entrar y salir de los pájaros y la cuerda de las campanas. Frente a la iglesia, haciendo esquina con el ayuntamiento, se alzaba nueva, flamante, una estupenda casa, horrible grillera de cuatro pisos y bohardillón, toda reluciente, pintorreada de verde rabioso, con triple galería de cristales y, encima de la puerta, una charolada lápida de seguros mutuos, testimonio de sabia previsión en el dueño…

Cuando el señorito de Landrey tenía asestado su anteojo al palacio de Lourido —no podía ser menos— en una de las galerías, muy adornada de enredaderas, aparecieron dos mujeres, una joven y otra madura, ambas desgreñadas, en faldas y justillo, recién salidas de la cama, porque se desperezaban aún. La joven, a lo que se percibía con ayuda de los gemelos, era fresca, colorada, blanca, y una copiosa melena rubia, suelta, flotaba desordenadamente por su cuello y hombros. «Es la hija de don Cipriano», pensó Gastón; y, por resabios malos, aferró el anteojo y encandiló el mirar. Una mímica expresiva de las dos mujeres indicó que discutían y se enzarzaban; el displicente gesto de la doncella, sus ademanes y rabotadas, respondían a los airados manoteos de la dueña, asaz puntiaguda de huesos y de muy fea anatomía. De pronto, la vieja agarró un brazo de la joven y esta, desprendiéndose como una culebra, enseñando el puño, huyó al interior del aposento. La galería quedó desierta…

Varió entonces la dirección del indiscreto anteojo y, torciéndolo a la derecha, admiró los manchones de castaños y, más allá, los sombríos pinares. De un campanario semioculto entre arboledas, le trajo el viento el argentino son de la campana tocando a misa. Al herir sus oídos este toque familiar, tan gozoso en el campo, cuya soledad dulcifica, en el cristal de los gemelos se encuadró una vista nueva, no observada hasta entonces. Era una quinta con su huerto, cercada por una tapia de mampostería. La casa no parecía nueva, sino restaurada: el balconaje de arcos de piedra que tenía al frente denunciaba la reparación. Por las columnas trepaban rosales floridos y, delante de la casa, un jardín a la inglesa rodeaba un estanque natural, o diminuto lago, sombreado por árboles péndulos. Más lejos, el jardín frutal y varias dependencias, una era y un hórreo grande indicaban que allí no se cultivaban solo flores y plantas de adorno. Cuando Gastón notaba este detalle, de la casa salió corriendo un niño y, tras él, un perro negro, saltando y haciéndole fiestas. Minutos después, una mujer vestida de clara, cubierta la cabeza con anchísimo sombrero de paja, se reunió al perro y al niño. No era difícil detallar a aquella distancia las facciones de la dama del jardín, pero que era dama se conocía a tiro de ballesta: en los molimientos, en la esbeltez de la silueta, y hasta en el sombrerón, que se quitó un instante —entonces, Gastón pudo distinguir que tenía el pelo oscuro—. La dama asió al niño de la mano, le halagó y se lo llevó hacia los árboles, donde el grupo desapareció.

~CAPÍTULO VII~

La torre de la Reina Mora

Estas últimas vistas del anteojo tuvieron la virtud de dejar pensativo a Gastón. No había cumplido los treinta y estaba preparado por su vida anterior, por la atmósfera de molicie y sensualidad respirada, a que la mujer, en el hecho de serlo, le causara efecto perturbador. No era Gastón un vicioso libertino, y esta verdad la llevaba escrita en la tersura de sus sienes, en la humedad y brillo de sus ojos; pero como ningún freno moral conocía desde la pérdida de su madre, como a nada serio había aspirado, como no enderezaba su existencia hacia ningún fin, el capricho y el epicureísmo egoístas se habían apoderado de él, tomando cuerpo en esos juegos y antojos de la imaginación y de los sentidos, sueltos como potros brincadores.

Bien registrado el panorama, quiso Gastón bajarse de su observatorio. El descenso era más peligroso aún que la subida, y dos o tres veces creyó que caería precipitado. Al fin se vio salvo sobre los escombros y, entonces, olvidado ya de otras fantasías, se dedicó a examinar las ruinas hacinadas. No pudo menos de fijarse en que algunas de las piedras caídas ofrecían el aspecto no de haberse desmoronado por la acción del tiempo, sino de ser arrancadas violentamente. Hasta mostraban aristas rotas por el hierro. Estas piedras señaladas así ocupaban un ángulo de la torre y formaban un montón bastante alto; sin embargo, Gastón, resueltamente, hizo rodar dos o tres de la cima, y vio con sorpresa que el montón cubría una puertecilla muy baja. Apartó más piedras, descansando cuando le fatigaba aquel trabajo rudo, y, después de mucho bregar, logró descubrir de la puertecilla lo bastante para dar paso al cuerpo de un hombre.

Mal como pudo, por ella se coló, y se encontró en un pasadizo angosto, abovedado, torcido, en declive y tan bajo de techo que Gastón lo seguía encorvándose hasta la tierra. Pronto terminaba el pasadizo en el primer peldaño de una escalera de caracol de piedra, no menos estrecha y angustiosa. Bajola Gastón encendiendo fósforos, pues la oscuridad era completa. Por la dirección de aquel conducto, juzgó que debía de hallarse a la izquierda de la torre, hacia el castillo propiamente dicho. Hasta veintiún peldaños contó Gastón y, al concluir de bajarlos, desembocó en un aposento subterráneo, sin rastros de ventilación ni de luz, redondo y abovedado también. No podía dudar que fuese un calabozo, el *in pace* de la torre feudal. Gastón había oído hablar de estos *in pace*, creyendo siempre que solo existían en la imaginación de los novelistas y de los arqueólogos; y, al encontrarse en aquel lugar donde supuso que habían languidecido los enemigos del poderoso señor de Landrey, se estremeció profundamente.

Repuesto, y encendido otro fósforo, examinó la mazmorra, movido por un interés que ya nada tenía de humanitario. ¿Descubriría allí, por felicísima casualidad, el camino que seguían los antiguos, la veta que guiase hasta el filón áureo del tesoro? Fosforito tras fosforito, Gastón reconoció las paredes y el techo, que tocaba con la mano. Una vegetación verdosa, húmeda, resbaladiza, cubría las piedras, pero no había en ellas señal de abertura, de reja, de argolla, ni de ninguna otra particularidad de las que indican una entrada secreta. Los sillares eran gruesos, sólidos, bien trabados, y el pavimento tampoco presentaba nada de anormal —raso como las paredes, sin indicio de trampa o sumidero—. Golpeó Gastón por todos lados, y no sonó a hueco. Entonces, fatigado ya, con las yemas de los dedos abrasadas, desanduvo el camino y salió a ver el sol, a respirar libremente.

Riose de sí mismo. ¿Pues no había entrevisto, en su fantasía, el tesoro? Sentose en los escombros, y, cogiéndose la cabeza entre las manos, concentró el pensamiento en la hipótesis. Todas las fuerzas de su inteligencia se pusieron en juego, solicitadas por el problema de que dependía su porvenir.

¿Existía en realidad el tesoro, no aquí ni allí, sino en alguna parte, oculto, difícil, pero no imposible de encontrar? ¿O era solo delirio de un moribundo y una reclusa? Y, si no deliraban, si en efecto el tesoro se depositó en algún escondrijo del castillo, ¿no lo había descubierto nadie durante los sesenta y pico de años que la mansión de Landrey llevaba entregada a manos pecadoras? ¿Aquel don Cipriano Lourido, ave de rapiña cebada en el cuerpo de sus amos, no podría haber olfateado las enterradas riquezas?

Al ocurrírsele esta probabilidad, Gastón se fijó en ella, herido por un destello luminoso. Recordó las vigas arrancadas, las paredes recebadas de nuevo, las piedras de la torre removidas a mano y amontonadas como para disimular la puerta, y estas señales extrañas le pareció que demostraban con elocuencia la sospecha que germinaba en su espíritu.

«Si Lourido no descubrió el tesoro, por lo menos lo ha buscado», discurrió con lógica. «¿Será esa la explicación de su fortuna y el cimiento de aquella casa tan maja en la plaza Mayor de la Puebla?». Otra vez repasó en la memoria las palabras del papelito amarillento: «hallarás lo que buscares…». Con la ayuda del plano quemado por doña Catalina, debían de ser clarísimos los pocos y enigmáticos renglones. Faltando el plano, un logogrifo. Lourido no tenía ni plano, ni el papelito siquiera. «Le llevo una ventaja», dedujo Gastón: «Y, si no acierto, es que seré doblemente torpe que él».

Volvió a recordar la misteriosa cláusula: «Si guiado por el norte siguieres el camino que seguían los antiguos en peligro de muerte…». ¿Cuál podía ser el maldito camino? Se golpeó la frente Gastón. ¡Una mina que permitiese a los moradores del castillo, sitiados y no pudiendo resistir, huir por ignorado subterráneo y salvarse! Una mina…, ¡la mina que las gentes del país prolongaban diez leguas, y donde creían sepultada a la reina mora! ¿De qué manera encontraría la mina? Por dos sitios podía intentarse: o desde el castillo mismo, o donde desembocase —a orillas del río o en la montaña—. La única indicación algo exacta era la de «guiado por el norte». Al norte estaba la torre vetusta, y de ella tenían que arrancar las exploraciones. Sin embargo, el calabozo no ofrecía resquicios; la obra subterránea del torreón moría allí.

—Volveré con una linterna, un pico y una pala —pensó Gastón, que, lejos de desalentarse, sentía crecer su engreimiento.

Engolfado en tales propósitos le sorprendió un ruido a sus espaldas. Eran dos voces —una infantil; otra muy timbrada, de mujer— que discutían. Antes que se diese cuenta de nada Gastón, un niño como de ocho años saltó por las piedras hacinadas en la puerta, a riesgo de torcerse un pie y, con agilidad, vino a caer al lado de Gastón, que le amparó con los brazos, le sostuvo y le libró de un descalabro cierto. La mujer exhaló un chillido y trepó impetuosamente por las primeras piedras en seguimiento de la criatura, y Gastón corrió en su auxilio gritando:

—Cuidado, señora…, que esas piedras ceden… Apóyese usted…

Ningún caso hizo la señora del ofrecimiento: ligera como una corza salvó el montón de ruinas y brincó al otro lado, palpando al niño con ansiedad. Segura ya de que no se había hecho daño alguno, volviose a Gastón diciendo:

—Mil gracias… ¡Si no es por usted, este diabólico…!

Mirábala Gastón de hito en hito, sorprendido de la aparición. Tenía delante a una mujer que representaba de veintiséis a veintiocho años, alta y bien proporcionada, de gentil presencia. Su traje, singular en aquel rincón del mundo, era el que prescribe la moda a las excursionistas: una falda de tartán escocés a cuadros verdes y azules, bastante corta, polainas de paño sujetando fuerte y holgado zapato de cuero, y gabancillo de alpaca azul, recto y flojo, sobre el cual un cuello vuelto, de batista sin almidonar, dejaba libre la garganta. Esta era morena y mórbida, y remataba en una cabeza que no podía llamarse hermosa, pero sí expresiva y agraciada. El sol y el aire habían dorado la tez, y sus tonos de ágata fina aumentaban la luz de los garzos ojos y la frescura de la boca limpia y grande. El cabello, oscurísimo, se recogía en sencillo rodete bajo el sombrero marinero de paja amarilla, sin más adorno que el ala disecada de una paloma. Llevaba la señora guantes gruesos, de hilo, y a la cintura una escarcela de charol. Gastón se inclinó, se descubrió y dijo extremando el rendimiento:

—¡Ojalá fuese verdad que yo hubiese tenido la fortuna de servir a usted de algo! Soy tan inútil que ni aún quiso usted que la ayudase a salvar las piedras…

—Estoy muy acostumbrada a pasos difíciles —respondió la excursionista—, y, como usted comprenderá, ahí por los pedregales y los derrumbaderos no siempre se encuentran señores amables que ofrezcan la mano… Miguel, hijo mío, di, ¿no te has hecho mal?

—¿Qué mal? —chilló el travieso con vocecilla aguda—. ¡Si no necesité del señor! Salté perfectamente solo…

—Calla, fanfarrón… Si no fuese tu antojo de entrar en la torre de la Reina Mora, no molestábamos a este caballero… Dale las gracias y vámonos, que es preciso volver a casita antes que se enfríe el caldo…

—¡Yo no me voy! —replicó el chico—. ¡No me voy sin buscar el tesoro!

Atónito se quedó Gastón al pronunciar el niño tales palabras.

—¡El tesoro! —repitió con una emoción que le ponía la voz temblona.

—El tesoro de la reina mora —explicó la dama riendo—. ¿Es usted forastero? Entonces no tiene nada de particular que no sepa que en esta torre estuvo cautiva una sultana y que la sepultaron con sus alhajas en una mina descomunal que hay debajo y llega hasta los antípodas…

Gastón sintió frío… En vez de confirmar sus ilusiones, la leyenda, referida así en chanza, les prestaba color de insensata quimera. ¡La graciosa boca que se burlaba de la mina disipaba a la vez los sueños de oro!

—Nada de eso sabía, señora —dijo disimulando el cuidado—, pero, si el tal tesoro anda por aquí, Miguelito y yo lo encontraremos.

—¡De fijo! —contestó con el mismo aire de buen humor la dama—. En asociándose…

—Para que Miguelito y yo nos asociemos —insistió Gastón— es preciso que su mamá nos autorice a ser amigos; y, para que se digne autorizarnos, que sepa quién es el futuro amigo de Miguelito… Me llamo Gastón de Landrey.

—¡De Landrey! —repitió ella con acento de sorpresa y simpatía—. ¡Es usted el dueño del castillo!

—En este momento no —contestó Gastón galantemente.

—Gracias otra vez… ¡Landrey! —murmuró la señora como hablándose a sí misma—. ¡Qué bonito nombre! ¡Qué antiguo en este país! ¿Es la primera vez que viene usted a su casa?

—Sí, pero me detendré bastante tiempo.

—¡Bien hecho! Lo merecen estas pobres piedras tan simpáticas y tan abandonadas. Me alegro en el alma de que esté aquí el señor de Landrey…, y celebro que haga amistad con Miguelito y que desentierren los capitales de la sultana, que ya habrán criado moho…

Como usted no va a adivinar mi nombre, me presentaré, aunque sea incorrecto. Me llamo Antonia Rojas, viuda de Sarmiento, y vivo en una casita de campo, a poco más de un cuarto de legua de aquí. Si en algo podemos servirle…

—Conozco la casa. Es más, la he visto a usted en ella…

—¿De veras?

—Esta mañanita, a cosa de las seis, en el jardín… Miguelito estaba cerca del estanque y usted salió de casa; llevaba usted un traje claro y un sombrero mayor que ese… Cogió usted de la mano a Miguelito… ¡Ah! También había un perrazo negro, muy hermoso…

Ligero rubor se extendió por la morena cara de la viuda, y Gastón comprendió que pecaba de indiscreto. Sus reflexiones lo eran, de seguro, pues giraban alrededor de un punto que realmente no tenía por qué importarle: «¿Esta mujer que la casualidad me trae aquí es una persona formal? ¿Es siquiera lo que se dice una señora?». La fatuidad y la extrañeza debían de transparentarse en su cara, porque la dama, hasta entonces tan franca y corriente, se puso grave, y miró de soslayo hacia los anteojos marinos de Gastón.

—Estos son los culpables —dijo aturdidamente el mozo—, y, si usted les guarda rencor, yo se los ofrezco para que los arroje, si gusta, al río…

Antonia Rojas levantó la mirada, rehusó con un gesto digno y afable y, sin alargar la mano al señor de Landrey, se puso en franquía con pocas palabras, corteses, pero llenas de reserva y aplomo.

—¿Me permite usted que la escolte hasta su puerta? —preguntó Gastón algo contrito.

—Voy siempre sola con mi hijo, y me he encariñado con esta costumbre —respondió la señora, trepando ágilmente por las piedras.

—¿La molestaré a usted al presentarle mis respetos? —insistió Gastón.

—Al contrario —fueron las últimas palabras de Antonia, que sonrió un instante, de despedida, mientras Miguelito daba a su amigo el beso más voluntario; ese beso abierto y confiado de los niños a la gente que les ha caído en gracia.

~CAPÍTULO VIII~

Lourido

La aventura preocupó a Gastón, que se entregó a mil conjeturas impertinentes acerca de la desconocida excursionista. La curiosidad le inducía a dirigirse aquella misma tarde a la quinta para «presentar sus respetos» —como se dice en la hipócrita jerga del mundo— a la que había visto en la torre. No se atrevió, sin embargo, porque si la mamá de Miguelito era una señora cabal, de hecho tomaría por donde quemase tan inconveniente apresuramiento y la acogida sería correspondiente a él. Resolvió, pues, no bajar a la quinta de Antonia Rojas hasta haberse enterado minuciosamente de la fama, hechos y calidad de aquella mujer, único medio que ha encontrado la sociedad para prevenir errores e inconveniencias. Por este sentir mundano de Gastón, comprenderá el lector que ya se había aquietado el bullir de aquel gusanillo que empezó a roerle el espíritu en los funerales de la comendadora…

Deparó la suerte a Gastón los informes que deseaba más pronto de lo que pudo imaginar. Vino Telma de la Puebla, a donde había bajado por mil fruslerías indispensables en toda casa, y trajo un convite de Lourido, en regla, para el señorito: le aguardaban a comer al día siguiente sin falta. Como si se tratase de alguna invitación diplomática, Gastón envió temprano un billete aceptando y saludando a la señora y señoritas de Lourido. Para asistir al convite se acicaló Gastón… No obstante, al bajarse de un mal rocín en la plaza, al ver la antipática morada de Lourido, con su reluciente lápida de seguros mutuos, solo se acordó de lo positivo: de que allí dentro habitaba un hombre con quien tenía pendientes asuntos de interés y de que acaso este hombre se había enriquecido desentrañando lo que don Martín de Landrey pensó dejar tan oculto. Subió, pues, las escaleras haciendo coraje y cachaza, y murmurando entre sí:

—¿Qué emboscada me preparará este malsín?

Lourido recibió al señorito bajo palio. ¡Qué honra para él; y, para el señorito Gastón, qué penitencia!… ¡Comer en la pobre choza: él, que estaría acostumbrado a no menos que vajilla de plata y servicio de oro, en mesas de príncipes! Si no dijo esto mismo el alcalde, la esencia de su discurso sonaba a cosa parecida.

Gastón afirmó que comería divinamente, y entonces varió el registro Lourido insistiendo en que no permitiría que el señorito se alojase más tiempo en tan desmantelada vivienda como Landrey.

—No le digo a usted que no, don Cipriano —respondió Gastón, aceptando un puro y sentándose en el sillón del escritorio del apoderado—. Lo he pensado bien y es muy tentador venirse a esta casa confortable; ¡Landrey parece un hospital robado! Solo que no me decidiré mientras no arreglemos los asuntos. Quisiera hacerme cargo del estado en que se hallan mis intereses por aquí… Como usted corre con esto…, mejor es para los dos que hablemos de una vez.

—¡Alabado sea Dios! —respondió el alcalde de la Puebla revolviendo los sagaces ojillos—. No hay descanso como tratar las cosas así de pe a pa… Con aplazamientos no hacemos nada.

Levantose diciendo esto, y fue a abrir una alacenita de hierro incrustada en la pared. Trasteó en ella un rato y al fin sacó en triunfo voluminoso mazo de papeles, sellados y por sellar; desató el balduque que lo contenía, y esparció sobre la mesa los legajos que despedían su olor peculiar a polilla y polvo.

—El señorito —continuó— querrá hacerme el favor de repasar estos documentos, que son los comprobantes de mi administración desde que el señorito heredó los bienes… Las cuentas del tiempo de su madre, que en paz descanse, aprobadas las tengo ahí. Las otras, también, que las aprobó el apoderado general, don Jerónimo, con poderes del señorito; de manera que yo, por mi parte, seguro estoy: mi pío es que el señorito quede contento y tenga satisfacción de que he cumplido con él y con la casa; y, mientras el señorito no diga: «Lourido cumplió», me molesta a mí el flato y no estoy a gusto…

—¿Dice usted —interrogó Gastón— que don Jerónimo aprobó esas cuentas?

—Año por año, ahí obra su firma redonda como un sol —contestó Lourido hojeando con viveza los papeles—. Y sepa el señorito que la casa de Landrey tiene conmigo un crédito…, un creditucho…, poco, una cochinada. ¡Verá los comprobantes, verá! Por servir a la casa de Landrey me veo con el agua al cuello…, que a veces me voy a fondo. ¡Nada! Me comprometí, vamos, y busqué el dinero… debajo de tierra.

—Debajo de tierra se encuentra dinero a veces —replicó Gastón haciéndose el distraído, pero espiando la cara del mayordomo, a quien vio demudarse—. ¿De modo que le debo a usted… cuánto?

—Para el señorito, muy poco… Para un pobre como Lourido…, un dineral… ¡Bch!, todo lo más serán cuatro o cinco mil duros… Desde que le administro, señorito, ni se me han satisfecho mis honorarios ni los reparos y las obras que ejecuté en el castillo, con autorización de don Jerónimo…

—¿Reparos y obras? —preguntó Gastón, que empezaba a hervir en cólera—. ¡Pero si está aquello inhabitable!

—Y, ¿cómo estaría si yo me descuido? Ruinas nada más. Tuve que registrar y que afirmar la cimentación…

—¿La cimentación? Esa obra es la más a propósito para que un edificio se venga abajo…

Gastón sentía que un sudor ligero brotaba en sus sienes. Obras, registros y reparos le daban malísima espina; a cada paso se le hincaba más en la imaginación el recelo de que Lourido había descubierto el tesoro; y una ira sorda pero furiosa se alzaba en su alma como el torbellino de polvo en el desierto. ¡Aquel bandido, aquel buitre cebado en el cadáver de Landrey, engrosado con el espolio de la familia, quería consumar el robo reclamando todavía un dinero que Gastón no poseía ni podía reunir, y exponiéndole así a la vergüenza!

—Además de las obras —prosiguió Lourido, que no creía sin duda prudente insistir en tan delicado punto—, hubo que dar labores para beneficiar las tierras, interponer demandas, sufrir prorrateos, sostener litigios…, y todo lo adelantaba de su bolsillo el presente maragato. ¡He pasado tragos! Si no fuese que sabía que el señorito dejar no me dejaba descubierto… Porque cada uno necesita de sus pobrezas, y por falta de esos cuartos, estoy yo boqueando, fuera el alma, como la sardina cuando la sacan del copo…

Realizando un esfuerzo heroico, Gastón se dominó.

—Pues por hoy me es imposible satisfacerle a usted esa deuda —declaró resueltamente.

—El señorito tiene una manera muy fácil de pagar —indicó felinamente Lourido—. Con me ceda el señorito las tierras de Landrey…, que al fin nada le valen y el señorito ni se fija en ellas…, porque el señorito, ya se ve, anda por Madrid y por Francia y esto poco le interesa…, que es un rincón…

—¡Las tierras de Landrey! —repitió Gastón sintiéndose palidecer bajo la ofensa de la proposición, pero conteniéndose porque veía un rastro de luz y quería seguirlo.

—Ya sé que me meto en un perro negocio… Solo que, como el señorito no puede pagar y a mí me hacen falta los cuartos, tan cierto como que somos hombres…, por salir los dos de esta mala andadura…

—¿Las tierras… y el castillo?

Lourido bajó los párpados para que no se trasluciese la llama repentina de sus ojos diminutos, y, colorado de emoción, contestó reprimiéndose:

—Ya se sabe…, aunque el castillo no vale un ochavo… Pero el que merque las tierras, el castillo ha de mercar; quien lleva la vaca lleva la soga…

—¿Sabe usted —repuso Gastón, a quien el instinto dictó entonces una conducta salvadora y maquiavélica— que merece pensarse la proposición? Yo realmente no tengo gran empeño en conservar estas paredes ruinosas. Con todo, darlo así, en pago de una deuda… Mi interés me aconseja, si es que lo vendo, sacarlo a subasta y el que más ofrezca… Ya ve usted solo las rentas…

—¡Ay! ¡El señorito se va a llevar chasco!… Cuando uno quiere vender es cuando nadie compra… No crea el señorito que *Roschil* le daría más que el presente maragato… Si el señorito piensa que es poco…, porque no diga que no guardo consideración a la casa…, ¡un par de miles de duritos más…, y eso que me ahorco, me ahorco!

Gastón iba, sin duda, a responder, cuando sonaron a la puerta voces de mujeres jóvenes.

—Papá, papá —decían en dos tonos diferentes: el uno, afectadamente fino y zalamero; el otro, natural y cariñoso.

—Entrad, niñas…

Hicieron irrupción en el despacho, y Gastón se levantó y saludó hasta los pies a las dos señoritas del alcalde. En la primera, la del pomposo vestido azul con cintajos amarillos, la del crespo moño, la de la enharinada tez, reconoció Gastón a la que se desperezaba tan de mañana en la galería, y pensó que era lástima que se hubiese tomado el trabajo de componerse, porque era realmente guapa y lozana, y el ridículo adorno la echaba a pique. «Si me permitiese pasar un plumero por esa cara bonita emplastada de polvos de arroz...». La otra muchacha, modestamente vestida de hábito del Carmen, era de exigua estatura y cara macilenta, y cojeaba mucho, apoyándose en una muleta corta.

—Esta se llama Florita —dijo Lourido, presentando a la enharinada con mal encubierto orgullo—. Y esta, Concha —añadió señalando a la de la muleta—. La pobrecilla padece...

—Pero no he perdido el buen humor —declaró espontáneamente la coja, riendo con ingenua amabilidad.

Media hora después, Gastón ocupaba, en la mesa de don Cipriano, el puesto que los anfitriones juzgaron de honor: entre las dos muchachas y frente al ama de la casa, a quien el señorito de Landrey había visto con conatos de pegar y arañar a la rubia Flora, y que en el festín se esforzaba por demostrar una inverosímil dulzura melosa, desmentida por un rostro avinagrado y enjuto. Abusando de los diminutivos, llamaba a sus hijas *Floritiña* y *Conchitiña*; hablaba sin cesar, hasta causar mareo, de lo inferior de su comida y del gran sacrificio que hacía Gastón en aceptarla, así como de los méritos y habilidades de sus niñas, sobre todo, de Flora. Gastón supuso que la coja era uno de esos seres que las familias indelicadas sacrifican, posponiéndolos siempre a otros más guapos y sanos; y sin querer se interesó por la muchacha, ocupándose de ella más que de Florita, que estaba colorada de despecho. Su deseo de atraer la atención del señorito era tan visible que le servía, le ofrecía aceitunas y dulces y ella misma quiso ponerle el azúcar en el café, a lo cual la animaban expresivas ojeadas de su madre y densas carcajaditas de su padre, que, olvidado al parecer de asuntos, deudas y adquisiciones, se mostraba hecho un almíbar con Gastón.

Al través de los incidentes de la comida, Gastón no perdía de vista ni un instante a su desconocida de la torre de la Reina Mora. No sabía cómo traer la conversación hacia ella y, al fin, lo hizo por el medio más elemental, diciendo con indiferencia aparente:

—¿Conocen ustedes a una señora de Rojas, que tiene un niño muy travieso? Ayer los he encontrado visitando la parte más arruinada de mi pobre castillo…

Como tocadas por una corriente eléctrica, saltaron Flora y su madre.

—¡Vamos, ya se le metió a usted por los ojos la viudita! —dijo la esposa de Lourido en tono de compadecer a Gastón—. ¡Eso era de ene!

—No —protestó Gastón sin empeño—, me parece que esa señora no contaba con mi presencia. El chiquillo se entró corriendo en la torre, donde yo estaba…

—¡Ay!, ¡el chiquillo! —intervino Flora remedando irónicamente el acento de Gastón—. Sí, sí…, ¡al chiquillo le tiene ella bien enseñado!

—¡Mujer! —exclamó Concha sublevada—. ¡No sé cómo dices eso! Es de mala conciencia pensar ciertas cosas.

—¿Pero ustedes creen —dijo Gastón aparentando candidez— que fueron a la torre solo para encontrarme?

Hubo un dúo de risas malignas; Concha se quedó seria.

—Vaya, aunque es usted de *Madrí* parece bien inocente —declaró la mamá, con dejos de hiel en la voz—. Los hombres… Ninguno ve ciertas cosas, por más *de* que salten así a los ojos. —Y al decir esto la alcaldesa agitaba sus dedos esqueletados.

—Además —continuó Flora quitándole la palabra a su madre—, ¡la viuda es muy larga, muy trucha! Engaña a Licurgo con aquella marcialidad y aquello que se me da a mí que gasta.

—Vamos…, ¿es una mujer de mala conducta? —interrogó Gastón como si le convenciesen.

—¡No, señor! —gritó Concha, sin poderse contener—. ¡Hace las caridades que puede y va a la iglesia, que yo lo veo!…, ¡mucho más que otras!…

—No le haga caso a esta papulita —advirtió la madre tragándose con los ojos al testigo benévolo—. Esta, como no hace más que rezar y oír misas, piensa que todos son santos de palo… Y la de Rojas es una santa mocarda. De mala conducta… puede que ahora no sea, pero el diablo sabe lo que hizo en vida del marido cuando rodaba allá en el extranjero, que mismamente parecían el judío errante… Así dieron el trueno gordo, que ella triunfó y gastó como una emperatriz, y entonces él, desesperado ya el pobrecillo, ¿qué quería que hiciese? Se mató…

—¿Se suicidó el marido de esa señora? —preguntó Gastón, esta vez impresionado.

—¡Ya lo creo! —gritó la dueña triunfante—. Dos tiros se pegó en la barba y en el cielo de la boca… Ya ve usted qué principios tendrá ella, que anda por ahí como si tal cosa, alegre…

—¡Después de seis años! —advirtió Concha—. ¡Pues bien triste y bien enferma estuvo! El bruto y el mal cristiano fue él: ella no. ¿Querían que también se matase?

—Para mí el marido hizo la acción porque descubriría algún enredo de la mujer— declaró la señora de Lourido.

—Y, por otra parte, no tenían ya sobre qué caerse muertos —agregó Lourido—. Ella está miserable como las arañas.

—Miserable, sí —contestó Flora—, pero tan romántica como siempre. ¡Unos trajes y unos sombreros! No sé si ese modo de vestir será elegante… Raro parece. ¡Y las faldas tan rabicortas! ¡Qué descaro!

—Pero, mujer, si es para andar por el monte —arguyó la defensora, impaciente y acalorada—. ¿Había de llevar cola? ¡Si yo no fuese coja, me vestía como ella!

—¡Estarías bonita! Que te aproveche; a mí la de Rojas me parece un guardia civil...

Aquí llegaban de la discusión cuando entró un galancete —el juez municipal—, muy rizado a hierro y muy soplado de cuello y puños, declarado aspirante de Flora; y Gascón aprovechó el momento para cambiar de conversación, porque ya sabía cuanto le importaba. Con esto pasaron del corredor a la sala de recibir, en cuya consola se ostentaba un soberbio reloj de mármol y bronce y dos candelabros del más puro estilo imperio.

«Os reconozco», pensó el señorito de Landrey, «os reconozco, reliquias de mi casa, testimonio de la rapacidad de este buitre... Ahora quiere que lo principal siga a lo accesorio, y se propone que el castillo haga compañía al reloj...». Distrájole de estos pensamientos Flora preguntándole si tocaba el piano, solo para buscar cháchara y que rabiase de celos aparte el juez municipal; y Gastón, que era sujeto abonado, se prestó admirablemente al juego.

~CAPÍTULO IX~

Iniciación

Con más impaciencia que antes deseaba Gastón el momento de saludar a Antonia Rojas, que ya tenía para él los alicientes del misterio; y pareciéndole que al tercer día no es incorrecto visitar a una señora que lo permite, escogió las primeras horas de la tarde y se echó a adivinar el camino, por no buscar guía que le condujese.

Sin gran trabajo se orientó y llegó al pie de la tapia, encontrando de par en par la verja que cerraba el portón. No era cosa de meterse como Pedro por su casa, y al mismo tiempo no veía a nadie, cuando de entre un macizo de flores salió disparado el niño, tendiéndole los brazos y el corazón en ellos.

—¡Vaya, por fin vienes! —chillaba la voz aguda y fresquísima—. ¡Pero cuánto tardaste! Yo quería ir ayer a buscar contigo el tesoro…, y no me dejó mamá. ¡Qué gusto! He de enseñarte mis cabritas… Otelo, no ladres, tonto…, es gente conocida… —añadió halagando al perro negro, que, obedeciendo a la intimación de buena acogida, meneó la poblada cola y apoyó las patas en los hombros de su amo.

—¿Está visible tu mamá?

—¡Ya lo creo! Vente —chilló Miguelito.

Y, saltando a la pata coja, precedió a Gastón, que se dejó llevar. Atravesaron el jardín y después, el zaguán de la casa, claro y adornado con jarrones de loza y plantas de invernadero; salieron a un patio cuadrangular, rodeado de edificios nuevos que parecían dependencias, y en uno de ellos, del cual salía humo, entró Miguelito seguido de Gastón. La luz que penetraba en el vasto cobertizo por una serie de altas ventanas alumbró un espectáculo original.

En medio del cobertizo, cerca de una cocina baja donde borboritaba enorme caldero, y al pie de un tonel que despedía espeso vaho, estaba Antonia ataviada de un modo bien diferente que el día en que Gastón la había conocido. Una falda de percal claro y un cuerpo de manga corta, resguardados por cumplido delantal de Oxford a rayas blanco y cereza, y un pañolito de seda roja atado a la curra, con la gracia picante de un tocado criollo, componían el traje de la señora. Los brazos, morenos de un modelado suave y vigoroso a la vez, se agitaban sobre el tonel humeante, derramando en él el contenido de un frasco de cristal. Una moza aseada y robusta, enarbolando la pala, esperaba el momento de revolver la lejía; porque, fuerza es decirlo, aquella decoración no era más que fondo para la humilde operación casera de colar la ropa…

Gastón esperaba un chillido, una protesta, una ojeada de cólera al niño. Quedó chasqueado. Lo que hizo Antonia al darse cuenta de la sorpresa, fue reír espontáneamente…

—No nos pidamos perdones, señor de Landrey —dijo sin alterarse—, porque sería cuento de nunca acabar. Por mi parte está usted perdonado. Miguelito, mira, hijo mío, ya sabes que a las visitas se las lleva a la sala.

—¡A este no! —declaró Miguel—. Este no es visita, que es un amigo…, y le llevo a ver las cabras…

—¡Sí, las cabras y mamá!… —añadió Antonia plácidamente—. Espéreme usted en la sala… o en el jardín… ¡Hasta dentro de un instante!

Gastón obedeció de mala gana. La viuda, encendida, con el pañuelo picaresco y el traje de mecánica, le había parecido de perlas; mejor cien veces que en la torre. Por su gusto reemplazaría a la moza de pala, ayudando a revolver la ropa en el tonel. No hubo más remedio que dejarse llevar otra vez por Miguelito y admirar los brincos de dos chivitas blancas, prisioneras en el traspatio, al pie del hórreo —porque no dejaban cosa a vida en la huerta ni en el jardín—. Al cabo dieron fondo en una sala baja, a la cual se accedía por el zaguán, y donde muebles modernos y antiguos, cuadros viejos y grabados ingleses, un soberbio piano de cola producían un conjunto familiar, de tonos íntimos y artísticos a la vez. En los jarrones había flores frescas y, en el centro de la sala, un acuario de salón, de reducidas dimensiones, muy bien cuidado, estaba lleno de pececillos y curiosos moluscos y zoolitos, que Miguelito enseñó con orgullo a su amigo.

—Yo he de ser marino, como mi abuelito —declaró la criatura—, y ya sé lo que hay en el fondo del mar… Estos pescaditos venían en la red, ¿sabes?, y mamá y yo vamos a ver cómo la sacan…, y recogemos lo más bonito. ¡Nos divertimos tanto! Mira, mira, ese es el erizo… Qué espinas, ¿eh? No se le puede poner la mano… Oye, ese bicho se llama caballo de mar… ¡Qué raro! Fíjate en la concha vieira… Esa la trae Santiago Apóstol en la esclavina…

Entretenido con la charla del chico, no dejaba Gastón de aguardar con impaciencia a Antonia, que tardó bien poco en presentarse, sin pañuelo ni delantal y de mangas largas, pero en traje no menos sencillo y campestre que el otro. Excusose Gastón lamentando haber presenciado e interrumpido su faena, y ella respondió con llaneza y sinceridad:

—No tiene nada de molesto que le vean a uno enfaenado. Crea usted que, por otra parte, si yo pudiese prescindir de trabajar, tal vez me dejase tentar por la pereza; pero Miguel y yo viviríamos muy mal. No soy rica y me gustan las cosas refinadas, de limpieza y de cuidado: ¿qué voy a hacer sino presenciar o ejecutar en persona? Aquí dejan a la ropa, al lavarla, un color moreno poco simpático:

79

con mis químicas logro que salga muy blanca. La costumbre y no la virtud me va aficionando ya a estos trajines, o, por lo menos, no se me hacen cuesta arriba como al principio. No hay mejor que tomar con buen ánimo las labores y las obligaciones; se hace uno amigo de ellas.

—Necesitaría algunas lecciones de usted para aprender esa filosofía, que bien la necesito —dijo Gastón.

—Esa *filosofía*, como usted la llama —respondió Antonia festivamente—, tiene uno que enseñársela a sí mismo…

—¿No existe maestra? —preguntó con intención el señorito de Landrey.

—Sí, señor; conozco una maestra de eso… —murmuró Antonia, cuyo movible rostro cambió de expresión y se nubló—. Una maestra muy dura… ¡La desgracia!…

—Entonces ya puedo yo ser discípulo —declaró Gastón, con asomos de melancolía.

Hubo un momento de silencio: el giro confidencial del diálogo desagradaba sin duda a Antonia. Miguelito salvó la situación cogiendo a su madre de la mano y empeñándose en que había de ver Gastón la casa y el jardín en sus menores detalles. Antonia, sonriendo, declaró al levantarse para cumplir el capricho del niño:

—Así como así, este paseo del propietario es inevitable… El trago, de una vez. No le perdonaremos a usted ni las lechugas ni las zanahorias.

Recorrieron, en efecto, la casa, el jardín, el huerto y las dependencias. Era la casa, irregular en su forma, muy cómoda y desahogada interiormente, y por el aseo y el orden parecía uno de esos primorosos *cottages* de las inmediaciones de Londres, en los cuales se vive a gusto, y cada hora del día acarrea un goce honesto y sano, del cuerpo o de la inteligencia. Las habitaciones revelaban en su distribución un sentido especial de la realidad, de las necesidades que imponen una vida solitaria y la educación de un niño: y Gastón vio con interés el cuarto de estudio, sus mapas, sus libros de estampas, sus cajas de geometría, sus cuadernos, todo sin manchas ni hojas rotas, todo regularizado, como pudiera estarlo en un colegio bien entendido. Nada faltaba en la mansión: ni la bibliotequita, bien surtida de libros útiles y recreativos y de obras clásicas españolas; ni la despensa, provista de conservas y dulces caseros; ni el frutero, donde todavía amarilleaban las manzanas de la última cosecha; y Gastón, acordándose de su desmantelado castillo, apreció mejor la gracia y la intimidad modesta de la casa de Antonia. Del huerto se había sacado también todo el partido imaginable: los cuadros de legumbres parecían canastillas de flores, por lo bien cuidados y dispuestos; los árboles revelaban una poda inteligente; y el establo, que albergaba dos vacas con sus ternerillos, no se veía menos limpio ni barrido que la sala. Entre las dependencias descubrió Gastón una diminuta lechería, forrada de azulejos, digna de Holanda por lo exquisitamente pulcro de sus tazones, jarros y tanques de metal; y, como la elogiase calurosamente, Antonia se paró y dijo con entusiasmo:

—¡Ah! Es que esta lechería me ayuda a vivir... ¡Es una rentita que no descuido yo ni un minuto! De diez a doce reales diarios limpios saco de estas paredes..., y en el campo doce reales levantan en peso... ¡No se ría usted! ¡El señor de Landrey se ríe de esta aldeana!

—No me río... La envidio a usted, por el contrario. Pero ¿cómo diablos saca usted eso de una lechería?

—Hago quesos y los envío a Madrid... Sin sospechar que venían de tan cerca de la casa de usted puede que los haya usted probado. No me permiten —y eso mortifica mi vanidad, lo confieso— ponerles el rótulo que me gustaría: «Quinta de Sadorio», impreso con molde... Quieren hacerlos pasar por el famoso *fromage suisse*, y lo logran; y como ganan, porque yo se los vendo baratos, y no hay derechos de aduanas, tengo clientela segura… No doy abasto a los pedidos, y me parece que pronto tendré que ensanchar mi comercio, comprando un pradito más…

De sorpresa en sorpresa iba Gastón. ¿Era aquella la mujer calificada en la Puebla de *romántica* y que se le había aparecido en traje de excursionista en la torre de la Reina Mora? ¿Había cálculo en tanto aparato de laboriosidad y economía? ¿Es humanamente posible fingir un género de vida y unas costumbres como las de Antonia Rojas? Sin querer, las intenciones y propósitos de Gastón respecto a la viuda iban modificándose; si al pronto la tuvo por fácil presa, ahora, con el naciente respeto, la juzgaba torre alta e inaccesible. Terminaron la visita de la propiedad, y salieron a reposar a una terraza cerca del estanque, donde encontraron servida ligera colación: té con leche, hasta media docena de quesitos, y un plato de fresas —para otra fruta era temprano—. Antonia sirvió el té y preparó las *rôties* untadas con miel de abeja, que trascendía a flores de campo y romero; y, como Gastón se mostrase confuso y agradecido del obsequio, Miguel explicó que era la misma merienda de todas las tardes…

—No, hijo mío —advirtió su madre—, los quesos son un extraordinario, para que este señor los pruebe. Lo otro sí: es un lujo que nos damos el de tomar un té inglés de primera. Me lo envían unos amigos que tengo, cónsules en Plymouth. Lo demás… caserito. La leche, de mis vacas; la miel, de mis abejas; las fresas, de las platabandas que hay debajo de los rosales…, cuyas rosas se lucen en ese vasito de China…

—Señora —murmuró Gastón, saboreando con delicia la infusión perfumada—, yo no soy adulador, pera crea usted que este té tan elegante, este servicio tan delicado, me parece un sueño que me lo ofrezcan a un cuarto de hora de Landrey. No he tomado en mi vida ninguno que tan bien me supiese…

—Era de suponer que diría usted eso —respondió maliciosamente la viuda.

—¿Qué?, ¿no lo cree usted? Pues no acostumbro hacer madrigales al té, señora… Lo que más me admira es que tenga usted estos servidores óptimos… e invisibles, porque nos lo hemos encontrado todo aquí como traído por mano de las hadas.

—¡Dios mío! ¡Qué bueno es usted! Tengo los mismos servidores que todo el mundo… Dos muchachas, a quienes he ido ensañando lo más elemental… Pero hago que, cuando estoy sola, me sirvan con los mismos requisitos que si estuviese alguien de fuera (lo cual aquí no suele suceder). Y, por eso, sin que me haya escabullido para mandarlo, usted ve una servilleta planchada y unas cucharas que relucen… ¡Gran misterio! Lo que no me explico es que nadie proceda de otro modo; es más cómodo así… ¡Soy muy comodona; no vaya usted a suponer lo contrario!

Gastón se sentía, sin comprender por qué, feliz. Sabíale a gloria la refacción, y el aire perfumado de esencias de flor que bañaba sus sienes le refrescaba el espíritu. Hubiese querido prolongar aquella visita una semana; tan bien se hallaba en el jardín de Antonia. La conversación, desviándose ya de los temas de la vida práctica, rodó sobre mil asuntos diversos: se habló de viajes, de música y hasta de arquitectura, a propósito de Landrey. Antonia ensalzaba el castillo propiamente dicho, el que era posterior a la torre de la Reina Mora, y no comprendía que Gastón hubiese permitido tocar, en ausencia suya, tan hermosas y sólidas piedras.

—Estaban firmes, más firmes que las del Pazo, que es muy posterior —exclamó—. Han hurgado allí por todas partes, y sin que se explique la razón. ¿Cómo ha dado usted licencia?

—No la he dado realmente, señora… Esa es una historia de que hablaremos —contestó Gastón, confirmado en sus sospechas por estas preguntas de Antonia—. Pero deseo que un día visite usted conmigo Landrey y veamos esos trabajos.

Cuando salió Gastón de Sadorio, la luna brillaba en el firmamento, y en su corazón lucía un rayito de sol alegre y dulce. Las madreselvas, desde los zarzales, le enviaban aromas penetrantes y deliciosos; el aire era tibio; el camino, poético y silencioso, y la última caricia de Miguel calentaba aún las mejillas del señorito. Al llegar a Landrey, no pudo menos de preguntarse a sí propio con sorpresa: «¿Estaré enamorado?, ¿o son efectos del lugar, la hora, las circunstancias?… ¡Lo cierto es que no cabe pasar tarde más bonita que esta!

~CAPÍTULO X~

La consejera

Aunque la discreción ponga coto a ciertos impulsos, extraño sería que no triunfasen de ella en un mozo como Gastón, poco acostumbrado a la disciplina moral —que muchas veces consiste en vivir a contrapelo del gusto—. Cautivado por Antonia Rojas, Gastón deseaba verla a cada instante, y la misma levadura de respeto y de admiración involuntaria que se mezclaba a otros sentimientos menos ordenados y pacíficos le inducía a creer que no era peligrosa la frecuencia del trato con la viuda, ni las reiteradas visitas a Sadorio. Fue primero cada tres días, después, cada dos, por último, diariamente. Antonia no le esperaba: jamás la encontró ni vagando por el jardín, ni tocando el piano, ni sentada lánguidamente en un cenador, ni cortando flores con la larga tijera que para este oficio llevaba pendiente de la cintura. Siempre la sorprendió o dirigiendo la preparación de unos apetitosos calamares en conserva, o poniendo en madurero la cosecha de tomates tempranos, o haciendo que trasquilasen el melonar, o desnatando leche, o cortando blusas para Miguelito. Ocupaciones nada sentimentales y que no autorizaban ningún poético desmán.

Ocurrió con aquellas visitas un fenómeno, aflictivo para el ya prendado Gastón, y fue que en las primeras Antonia le recibió expansiva y afable; en las segundas, reservada y cortés; y, cuando las menudeó, empezó a mostrarse seca, fría y hasta incivil, pues le dejaba solo con Miguelito las horas muertas y se marchaba a sus quehaceres. El niño, en cambio, estaba cada día más afectuoso con su amigo y le abrumaba a caricias, a preguntas y atenciones, allá a su inocente estilo. No sabiendo Gastón qué discurrir para complacer a su único partidario en la casa, ideó buscar un caballito pequeño, barato y manso, que compró en la Puebla, y que trajo a Sadorio, con objeto de dar lecciones de equitación a Miguel. La idea produjo embriaguez de dicha en la criatura; pero Antonia, terminada la primera lección, llamó a Gastón a la sala y, en frases bien escogidas para no herirle y bastante firmes para reprimirle, le dijo claramente que sus visitas continuas no eran convenientes, ni admisibles sus regalos. Y, como él mostrase gran pesadumbre, Antonia dulcificó la voz y añadió:

—Usted debe comprender que en esta soledad es muy grata la compañía; usted debe comprender que yo ni soy insociable, ni tengo tantas distracciones que me estorbe la que usted me proporciona con su amable trato. Pero no le hago a usted tan poco perspicaz que no se dé cuenta del efecto que sus visitas diarias han de causar en el público.

—¿Hay aquí público, Antonia? —preguntó Gastón con ironía.

—Lo hay en todas partes. Este es reducido y de gente sencilla, pero por lo mismo se les debe buen ejemplo, hasta en las apariencias; sobre todo, cuando la realidad es honrada y clara, y solo honrada y clara puede ser. ¡Sí, amigo Landrey! Yo quiero que me estimen de veras mis criaditas, la Colasa y la Minga…, entre otras razones, ¡porque he de vivir con ellas muchos años!

A su pesar rio Gastón el gracejo de su señora y, doblando la cabeza, murmuró:

—Antonia, yo deseo a todas veras obedecerle a usted…, y ya se sabe que la obedeceré…, pero óigame usted, puesto que tengo la suerte de que me hable usted con esta franqueza tan noble… que prefiero a la seriedad de ayer. La conozco a usted de hace un instante, puede decirse, y me he acostumbrado a su amistad de usted tan pronto y de una manera tan extraña que la necesito lo mismo que se necesita el aire para respirar. No frunza usted el ceñito: mire que no la estoy cortejando; ¡le juro que no se trata de eso! Es que me encuentro en circunstancias especiales de mi vida, en los momentos penosos en que es preciso que alguien nos atienda y nos dé un buen consejo; es que me halló completamente solo, aisladísimo, desorientado, y que, probablemente, voy a cometer mil desatinos si me falta una persona buena que vea mejor que yo cuestiones de que penden mi fortuna y mi porvenir. La casualidad me ha puesto en contacto con usted, que casualmente es también el único ser humano capaz de inspirarme una confianza absoluta, incondicional; porque tiene usted un juicio y un carácter…

—Bien, al caso —interrumpió Antonia atajando la alabanza—. Si se trata de prestarle a usted servicio…, es diferente… Aquí estoy.

—Pues acepte usted por algún tiempo el papel de confidente y consejera mía.

—Aceptado —declaró la viuda sin vacilar—. Yo seré su confidente y consejera. Eso no implica que usted venga aquí a menudo. Vendrá usted una vez por semana…, o menos, si no es preciso.

—Me resigno —suspiró Gastón—. Vendré los sábados, como los sábados… o los domingos…, como el lavandero.

—He dicho que tal vez menos… —repitió Antonia risueña—. Probablemente le señalaré a usted un turno quincenal. En fin, eso dependerá de la consulta que usted quiere dirigirme. No sé de qué índole será… Para que vea usted que empiezo complaciéndole: mañana se viene usted a comer aquí y, de sobremesa, me comunica esas historias de que, según afirma, penden su porvenir y su fortuna. Yo necesitaré, de seguro, reflexionar, porque a fuer de gallega tengo el trasacuerdo mejor que el acuerdo. Así es que, después de la confidencia, no vuelve usted… en diez días. Pero antes de que me honre usted con su confianza, a mi vez tengo yo el deber de enterarle a usted bien de quién soy, porque usted me conoce de poco a acá, y las referencias que haya podido oír de mí quizás no brillen por la más rigurosa exactitud.

—Tiene usted sus partidarios y sus detractores, Antonia; y entre los primeros se encuentra una cojita muy simpática, hija de mi mayordomo Lourido.

—¡Pobre Concha! —murmuró afectuosamente Antonia—. ¡Criatura más angelical! La resignación con que sufre (porque está enfermísima) le ganará un lugar señalado, allí donde muchos soberbios y poderosos quisieran conseguirlo…

Y, pensativa, la viuda apartó la mirada del rostro de Gastón.

—Espero su historia de usted, Antonia, para que se aumente mi afecto —indicó el señor de Landrey, respetuosamente.

—¿Quién sabe? Tengo de qué acusarme, como va usted a ver… Soy ferrolana, y mi padre, don Federico de Rojas, era marino. Lo mucho que había viajado y su talento natural hicieron de él, si no un sabio, por lo menos un hombre instruidísimo. Por muerte de mi madre reconcentró en mí todo su cariño y me enseñó ciertas cosas que no suelen aprender las muchachas, por ejemplo, botánica e historia natural. De ahí salió mi afición a recoger esos bichos raros que ve usted en el acuario, y lo mucho que me divierten mi huerto y mi jardín, y mis correrías por la montaña para formar herbarios… Un armario grande he llenado de cartones. Tenía yo dieciocho años cuando en un baile a bordo me conoció y me pretendió don Luis Sarmiento, que era joven, rico, muy bien nacido; que reunía, en fin, las condiciones que sueñan los padres para los novios de sus hijas. No hubo oposición: me casé y al año nació Miguelito. Mi esposo era, además de todo lo que he dicho, una persona excelente: caballero, pundonoroso y de muy alegre humor; solo que sus padres no se habían cuidado de enseñarle la vida real. Había gastado ya mucho de soltero y, por complacerme y recrearme, se lanzó a mayores dispendios después de casado: me llevó a viajar por toda Europa, con un lujo que ahora conozco que era insensato; me compró joyas y trajes; montamos trenes, y vivimos en Madrid anchamente, protegiendo artistas y adquiriendo lienzos y esculturas, como si nuestra renta fuese quince o veinte veces más pingüe de lo que en realidad era. Aquí debo yo acusarme de mis yerros: en vez de contener a mi esposo, gozaba como una loca de aquellos esplendores y placeres, porque tengo un instinto de fausto y de arte que no parezco sino una Cleopatra…, ¡y para llegar a hacer la lejía con mis propias manos ha sido menester que la adversidad me haya zorregado con unas disciplinas muy recias! Pronto pasó lo que tenía que pasar: mi marido se vio ahogado de deudas, de hipotecas y de réditos usuarios; llegó un día en que no pudo cumplir ni pagar a nadie, y entonces… —Aquí los garzos y rientes ojos de Antonia se vidriaron en lágrimas—, entonces… cometió un atentado…

—Me lo han dicho —se apresuró a interrumpir Gastón, viendo el trabajo que le costaba a Antonia tocar aquel punto.

—¡Ojalá —prosiguió ella— me hubiese dicho la verdad de nuestra posición! El mismo cariño que me tenía le obligó a callar… No se sintió con valor para confesarme que nos encontrábamos arruinados y que nuestro hijo sería pobre. Si Dios le inspirase tal rasgo de sinceridad (por eso no negaré jamás a nadie el consuelo de una confidencia), yo, con todo mi cariño, le hubiese confortado, persuadiéndole de la verdad: de que aún podíamos vivir… , ¡tan felices! Haríamos lo que hice después: vender todo, desprendernos de todo, cumplir con los acreedores, y retirarnos aquí en paz. La desgracia le ofuscó y le hizo olvidar que era cristiano, jefe de una familia, padre de un hijo a quien debía el ejemplo de la resignación y de la fortaleza… Nada me dijo; no se fio de mí, me cerró su corazón…, no me miró como amiga… ¿Y sabe usted por qué? Por culpa mía: porque él no podía ver en mí más que a una muchachuela sin seso, aturdida con las galas, las diversiones y los goces del mundo y de la riqueza… ¡Ya ve usted cómo no me falta de qué acusarme!

Suspiró hondamente la viuda; y, recobrándose y secándose los ojos con el pañuelo, prosiguió:

—Un solo consuelo tuve, y, si no es por él, creo que aquella catástrofe, en vez de costarme la salud por algunos años, me cuesta en el acto la vida.

—¿Su hijo de usted? —dijo echándose a adivinar Gastón.

—Eso no es consuelo, eso es yo misma —respondió Antonia—. No; el consuelo, ¡y bien grande!, fue que mi esposo vivió aún tres horas después del atentado… y no perdió el conocimiento…, y tanto le rogué y tanto le besé la cara y las manos en esas tres horas… que se arrepintió…, se confesó…, ¡y murió absuelto!

El silencio que siguió a estas palabras tuvo algo de magnético: pareciole a Gastón que acababa de descubrir el alma de Antonia —fuerte, porque era creyente—. Sus ojos, iluminados de fervoroso entusiasmo, hicieron bajar al suelo los de la dama.

—Después —dijo precipitadamente, a fin de cortar aquella corriente súbita—, me vi envuelta en mil dificultades para desenredar la pequeñísima hacienda que le quedaba a mi hijo. Vendí mis alhajas, mis encajes, hasta mis vestidos y abrigos de pieles y terciopelo; vendí los coches, los cuadros, los barros, los tapices y los muebles, y por supuesto, la plata y las vajillas. Cuanto era de lujo se vendió, creo que malbaratado, pero en tales naufragios siempre sucede así: hay que darle su parte de botín al mar. Yo recordaba que esta casa de Sadorio había sido reparada y aumentada por orden de mi marido, que tenía cariño a las paredes que le habían visto nacer: y aquí me refugié y aquí vivo desde entonces, aprovechando la baratura del país y los recursos de economía doméstica que proporcionan el huerto y los prados. Miguel se cría robusto, y yo disfruto comodidades que tal vez no poseía en mis épocas de derroche. ¿Lo duda usted? En Madrid no teníamos bosques ni extensos jardines ni flores frescas a toda hora ni el pescado del mar a la sartén... Sepa usted que hasta economizo... ¡Vaya! Junto unos ahorrillos para cuando Miguel tenga que ir a seguir carrera y yo me vea precisada a acompañarle; lo cual haré para que no se desaliente o se corrompa... Ese día que tendré que dejar Sadorio... me parece que lo sentiré mucho. Me he acostumbrado a esta libertad y a esta calma... Fácilmente sacaríamos de aquí una moraleja por el estilo de las máximas que escribía Miguelito en sus primeras planas, después de los palotes: «Amando el deber lo convertimos en placer». Ya sabe usted mi vulgar historia...

~CAPÍTULO XI~

El consejo

Profundamente impresionado salió de Sadorio aquella tarde Gastón; y, con ser pocas las horas que faltaban para volver a ver a Antonia, parecieron muchas a su impaciencia. Antes de lo que creía, sin embargo, logró la vista de su amiga. Era domingo y, como Gastón bajase a la Puebla a misa mayor, allí estaba arrodillada la viuda, pero ni volvió la cabeza; asistía al santo sacrificio con una compostura no afectada y, a su lado, Miguel —¡extraña novedad!— también permanecía quieto y atento, hecho un santito —aunque con un azogue tal en las piernas que al acabarse la misa y salir al atrio, pegó más de una docena de saltos: parecía haberse vuelto loco—.

Florita, que había avizorado a Gastón en la iglesia, enganchole a la salida y, mientras coqueteaba con él a su estilo lugareño, desaparecieron Antonia y Miguel. Despepitábanse la esposa y la hija del alcalde: «¿Por qué no se quedaba Gastón a comer con ellos? ¿Dónde se metía, que andaba tan oculto? ¿Qué tal sustancia tenía la miel de Sadorio? ¿Le habían picado las abejas, que estaba tan seriote?». Trabajo le costó zafarse de aquellas obsequiosas interlocutoras, pretextando ocupaciones muy urgentes, y no sin prometer que el lunes vendría. «Así como así», pensó. «Antonia, después del día de hoy, va a desterrarme por una temporada…».

A paso apresurado, como el que sigue la estela de su deseo, tomó el camino de Sadorio; y, ya cerca de la quinta, comprendió que no debía presentarse antes de la hora señalada —las dos— y entretuvo el tiempo como pudo, entrando en casa de una labradora y pidiendo un vaso de leche. Se lo sirvieron fresco y espumante, pues estaba la vaca en el establo, por ser domingo y no haber quien la llevase de mañana al pasto; y Gastón tiró de la lengua a la vejezuela que ordeñaba la vaca y presentaba el cuenco rebosante, averiguando con pueril alegría que era una protegida de Antonia. Aquel invierno, la vieja «había estado tan en los últimos —eran sus palabras—, que ya tenía encima los santos óleos, ¡así Dios me favorezca!, y, si no es por el caldito que todos los días mandaban de Sadorio y los remedios que pagó la señorita en la botica de la Puebla, no lo contaría…». Con esta plática gustosa para Gastón fue acercándose el momento de presentarse en la quinta, y allá corrió, dejando por el cuenco de la leche un duro en la mano sarmentosa de la vejezuela parlanchina…, que le hartó de bendiciones.

Recibiéronle Antonia con cordialidad, Miguel con arrebatado cariño, y se sentaron los tres a una mesa cuyo primor consistía en el decorado de flores naturales y en el brillo de la loza y del cristal, y en que solo tentaban el apetito los manjares por su frescura y grata sencillez. Las ostras de la Puebla, regadas con el limón cogido en el huerto; el pastel de liebre cazada en los vecinos montes; la gallina cebada en el corral casero; la densa conserva de membrillo, sabiamente fabricada por Colasa, compusieron el banquete. El café salieron a tomarlo al ameno sitio de costumbre; y como Miguelito, jugando con Otelo, se alejase a ratos, Gastón aprovechó la ocasión propicia y refirió a Antonia, muy despacio, su historia entera. Nada omitió, ni las últimas advertencias de su madre, ni la disipación de los primeros años, ni la ruina, ni la doblez del maldito Uñasín, ni la revelación de doña Catalina de Landrey, ni la conseja del tesoro, ni las recientes inquietudes y las reclamaciones inicuas de don Cipriano Lourido… Antonia escuchaba atentamente y, de vez en cuando, si no encontraba bastante clara la narración, interrumpía con preguntas concretas, a que Gastón respondía sinceramente, procurando no alterar los hechos ni la realidad de sus sentimientos en lo más mínimo. La necesidad de expansión y de desahogo que sentía le desataba la lengua y le movía a acusarse a sí propio, pareciéndole como si viese su imagen moral reflejada en un límpido espejo y una fuerza superior le impulsase a describir minuciosamente los defectos y tachas de aquella imagen. Al terminar, Antonia quedó un rato callada: reflexionaba, y su rostro, generalmente alegre, tenía una expresión de gravedad en armonía con las funciones de juez de un alma que se disponía a ejercer.

—Antonia —exclamó con ahínco Gastón, viéndola permanecer silenciosa y meditabunda—, hable usted; no tenga reparo en calificarme según le plazca, ni en echar por tierra mis ilusiones respecto al imaginario tesoro. A todo estoy preparado, y casi me hará usted un bien acabando de extirparme esperanzas quiméricas. Tráteme usted, Antonia, al menos hoy…, como a un hermano. En cambio del sueño del tesoro me dará usted otro sueño más bonito cien veces: soñaré que se interesa usted por mí: ya ve si salgo ganando.

—¿No se enojará usted porque me exprese con franqueza? —preguntó la consejera sonriendo.

—Mil veces no… Al contrario, como me dijo usted la primera vez que la vi y le pregunté si le importunaría mi visita.

—Pues lo que saco en limpio de su historia es que es usted responsable de la mitad más una de las desdichas que le han sucedido hasta hoy. El perder a su madre de usted fue desgracia; el arruinarse, culpa.

—Lo reconozco. Prosiga usted: repréndame.

—Sí que debo reprenderle, y en términos muy severos, porque, amigo Gastón, hay ruinas de ruinas. El que emprende algo útil; el que invierte con buen fin su capital y tiene la desgracia de no acertar y de perderlo; el que por reveses impensados se queda pobre merece lástima. Usted no está en ese caso: lo ha derrochado todo de la manera más frívola y más sin sustancia, y, para mayor dolor, dando escándalo al mundo y mal ejemplo a sus amigos y a sus servidores. Tenía usted un caudal que manejar y un nombre antiguo e ilustre que sostener; el caudal lo ha dedicado usted a insulseces y a torpezas, y el nombre lo ha dejado usted a merced de los Lourido, hoy protectores del señor de Landrey. Ya ve si la tribulación es merecida.

Por preparado que se encontrase Gastón a oír cosas desagradables, y por grande que fuese el prestigio de Antonia para decírselas, sintió un bochorno mortificante y un deseo de apología.

—Es cierto, Antonia; pero recuerde usted, para no juzgarme tan duramente, que a no haber encontrado en mi camino a dos bribones que me deparó la suerte, después de todo, no estaría hoy sino algo mermada mi hacienda.

Frunció Antonia el ceño, y su cara adquirió expresión todavía más severa y triste.

—No le disculpa a usted eso. Antes me parece que le acusa más. Sobre disipador, ha sido usted neciamente confiado. No ha querido usted molestarse ni en saber a quién entregaba sus intereses y consagrar a vigilarlos ni una hora de las que perdía en sus vacíos goces. Los bribones nacen espontáneamente al lado de los abandonados como usted. Si no le hubiesen pelado a usted Uñasín y Lourido, le pelarían otros que se llamarían de otra manera: diferencia única. Y no me diga usted que le faltó buen consejo, Gastón…, porque lo tuvo usted tan bueno que no cabe otro mejor; y a no haberse usted olvidado de las palabras de su madre, de que la fortuna se nos da como en depósito…, hoy sería usted un hombre feliz, rico y con la conciencia tranquila; sería usted…, óigalo bien, Gastón, porque esta frase me parece que lo dice todo...: un administrador de Dios..., que es lo que hay que ser, y lo detrás, ¡patarata!

Radiante luz penetraba en el espíritu de Gastón, que casi sentía impulsos de arrodillarse y de herirse el pecho con el puño cerrado. Podía todo aquello mortificarle un poco, pero..., ¡qué gran verdad encerraba! Antonia, perspicaz al fin como mujer, notó muy bien el efecto de la homilía, y se dilató su rostro.

—Si aspira usted a restaurar la riqueza de Landrey para volver a tirarla por el balcón, no tengo fe en los consejos que le voy a dar: recaerá usted en la miseria, y quién sabe si en la deshonra. Antes de rehacer el caudal, que es cosa externa, rehágase usted por dentro: me parece lo más urgente. Si se ha de cambiar su porvenir, cambie usted, transfórmese en otro hombre...

—Creo que tiene usted razón, Antonia —exclamó el señor de Landrey con entusiasmo—. Conozco que he sido... un trasto. ¡Francamente! Deseo regenerarme..., pero no podré si usted no me ayuda. Estoy muy solo: nadie me quiere; a nadie le importa de mí... Esto no lo había notado hasta hoy; vivía en mi vértigo y, aturdido, no comprendía el vacío de mi alma. Ahora conozco que me falta sostén y calor... Si usted no me tiende la mano, Antonia, usted que es tan fuerte, tan derecha, tan valiente..., no haré nada; me echaré al surco.

La viuda de Sarmiento se encendió de emoción; pero fue como el paso fugaz de una nube roja sobre un tranquilo cielo. Pesando sus palabras, cuya importancia conocía, respondió serenamente:

—Si entiende por tender la mano lo que estoy haciendo..., ya la tiene usted tendida. Pero de esa puerta afuera —y señaló la de la verja— es usted el que tiene que valerse. ¿No es usted hombre? ¿No ha de poder un hombre recoger sus fuerzas y su voluntad y cumplir un propósito? Si yo no fuera mujer, me asociaría a usted para trabajar juntos en la restauración de Landrey; hasta me divertiría la empresa.

Su delicadeza de usted debe hacerle comprender que no puedo en esta ocasión olvidar la reserva propia de las faldas. Ni aún como consultora me gustaría que, en lo sucesivo, acudiese usted a mí. Le queda a usted trazada una línea de conducta; o mucho me engaño, o puede seguirla solo. ¿Qué?, ¿no será usted capaz de remediarse? Porque entonces…

—¿Y esa línea de conducta? —murmuró él con tierna sumisión.

—Ya lo sabe usted: volverse del revés como un guante. Era usted gastador y ha de ser económico; era usted confiado y ha de ser receloso; era usted dormilón y ha de ser madrugador; era usted perezoso y ha de ser activo; era usted un vago y ha de trabajar diez horas diarias, papelear, hacer números, sepultarse en las cuentas hasta el cogote… No ha de fiar usted a nadie sus asuntos, y no ha de perder ni un día en caprichos. El venir aquí es capricho también. Pase hoy, porque hablamos de cosas serias; mas si se le ocurre jugar al picadero con Miguelito, yo no he de prestarme a ello. ¡Usted ya no es dueño de un minuto!

—Pero, Antonia —objetó Gastón con humorismo—, lo que me aconseja usted estaría en carácter si yo tuviese aún millones que administrar. Los que me despojaron me quitaron esas ansias. A fe que bien libre me encuentro.

—Ese es el error —exclamó Antonia—. No hay semejante ruina. Lo que han hecho es embrollarle de mala manera sus asuntos; desean comérsele hasta los huesos. Pero apostaría lo que no tengo a que, si usted se lo propone, los desembrolla. Usted mismo reconoce que no ha podido gastar, de ningún modo, lo que le da por invertido el peje de Uñasín. Si se cruza usted de brazos, claro es que acabarán por llevárselo todo. ¿Quiere oír lo que yo haría en su caso?

—Como que he de acatar a ciegas lo que usted disponga —declaró Gastón, que se sentía revivir.

—Pues halague usted a Lourido; dele a entender que conseguirá cuanto desee; y únicamente pídale luz para desenredar lo de Madrid. Sírvase de un bribón contra otro bribón. Esto es lícito, y como no se trata de hacer ninguna picardía… Lourido es hombre que oye crecer la hierba; posee gran aptitud para los negocios; en otro campo que la Puebla, tendríamos en él a uno de esos reyes de la banca, que sudan oro. Utilice usted a Lourido para meter al de Madrid en cintura. Estudie con Lourido el problema y, cuando se empape bien en las doctrinas de ese maestro (para el caso presente es que ni de encargo), haga usted la maleta y váyase a Madrid a empezar a devanar el ovillo. Después de poner orden allá, puede dedicarse a lo de aquí. A Landrey, hoy por hoy, debe usted mirarlo como cosa secundaria.

—A todo esto, Antonia —interrogó Gastón que había bebido ávidamente las palabras de la viuda—, no me dice usted nada de… lo principal.

—¿A qué llama usted lo principal?

—Al tesoro.

—¿Lo principal el tesoro? ¡Ay, Dios mío! Me temo que desde hace media hora estoy predicando en desierto.

—¿Cree usted que el tesoro es una patraña? Dígalo enseguida… y no pensaré en él más.

—Mi opinión —respondió Antonia pausadamente— es que el tesoro existe.

—¡Ah! —gritó Gastón, viendo ya relucir el oro y fulgurar las pedrerías.

—Que existe… ¡y que no debe usted buscarlo!

—¿Cómo es eso? —interrogó Gastón sorprendidísimo, aunque iba acostumbrándose a la originalidad de su consejera y amiga.

—Verá… Primero le diré por qué supongo que existe el tesoro. No cabe ni dudar que existía cuando su bisabuelo de usted escribió el documento y trazó el plano encerrado en la caja de plata. Un padre no engaña a su hija querida desde el lecho de muerte. El relato de doña Catalina tampoco es quimera de su imaginación debilitada por la edad: lo que le contó a usted está de acuerdo con lo que sabe Telma y consta por tradición: la quema de papeles, el desafecto de don Martín a su hijo, su preferencia por la hija que le acompañaba. Desde que eso sucedió han pasado sesenta años, y ha estado el castillo en poder de mayordomos y caseros. Ninguno de ellos se ha hecho millonario ni ha derrochado caudales: luego, ninguno ha descubierto el tesoro…

—¿Y Lourido? —interrumpió Gastón.

—Ya llegamos a Lourido… Verdad que pasa aquí por rico, y lo es hasta cierto punto, porque chupó como una sanguijuela los bienes de la casa y prestó a réditos y compró a desprecio explotando a los infelices; pero, así y todo, la riqueza de Lourido es riqueza de aldea, la hemos visto crecer y sabemos de dónde procede. Si hubiese encontrado el tesoro prosperaría de golpe, y se marcharía de aquí, porque su mujer y su hija Flora rabian por volar a otras esferas… ¡Tampoco Lourido ha encontrado el tesoro, aunque bien lo buscó!…

—¿Que lo ha buscado? —preguntó Gastón estremeciéndose al ver confirmadas sus sospechas.

—Ya lo creo… Yo trato poco a lo que aquí se llama *señorío*, pero hablo muchísimo con los aldeanos… Y ellos, a su manera, todo lo husmean y todo lo saben. En esta comarca el secreto del tesoro es un secreto a voces. Lourido ha practicado varias excavaciones ocultamente, y las gentes piensan que lo que busca son las joyas que la reina mora llevó al sepulcro. Me he reído de esas joyas y de la credulidad de los labriegos mil veces, porque no sabía lo que usted acaba de confiarme. Hoy comprendo que Lourido tenía olfato. Que por ahora nada consiguió encontrar, me lo prueba además otra razón: el empeño que demuestra en hacerse con el castillo de Landrey. Dueño del castillo, lo arrasará y no parará hasta acertar con el tesoro, que le trae loco de codicia.

—Bien, Antonia; todo eso está divinamente deducido, lo que no parece es la razón de que yo no realice, en uso de mi derecho, lo que no consiguió Lourido —exclamó Gastón respirando.

—La razón... ¡Ay! ¡Y qué empedernido está usted; qué difícil va a ser que usted se enmiende! —declaró la viuda con pena y hasta con cierto tedio, que mortificó a su amigo—. La razón es que el tesoro supone para usted lo desconocido y lo fantástico, el golpe de varilla de las comedias de magia, la suerte que nos coge dormiditos y nos echa encima los bienes como podría echarnos un cubo de agua... ¡Valiente gracia haría usted si descubriendo el tesoro repusiese su caudal! ¡Valiente hombrada! Después de todo, el caudal es lo que menos importa. Su alma de usted, su conducta, su regeneración por el trabajo y por una vida que no redunde en daño y en perversión de usted mismo y, también de los demás, es aquí lo que interesa, al menos a mi parecer... Y habíamos quedado en que yo era el juez de este litigio..., ¿o se vuelve usted atrás?

—No —respondió Gastón enérgicamente, con involuntario esfuerzo—. A usted me encomiendo, y se me figura que he comprendido bien sus indicaciones y que las voy a seguir de tal manera... que usted misma se admirará.

—¡Quiéralo Dios! Pues, siendo así, el tesoro (lo repito) significa para usted algo insano, una especie de lotería con que cuenta para remediar males que causó su impresión y su vida loca. Si aspira a que yo lo estime..., dejará en paz el tesoro. Esas cosas que se deben al azar se agradecen cuando el azar quiere enviárnoslas, pero no se buscan; buscarlas sería seguir la huella de Lourido..., y usted no ha de proponerse tal modelo.

Gastón calló. Sentíase subyugado por aquella mujer animosa, en quien tenía que reconocer la superioridad del criterio y la firmeza de la voluntad. Ese sentimiento iba acompañado, preciso es reconocerlo, de cierta humillación. No podía dudar que Antonia manifestaba ideas dignas de un hombre, y que todo aquello debería él haberlo discurrido antes, en vez de dormirse al arrullo del goce y en el seno de la pereza y la indolencia.

«¡Qué lección me está dando!», pensaba. «¡Parece que veo en un espejo la cara del ser más inútil de la tierra! ¡Pero yo le demostraré a Antonia que también, cuando llega el caso, sé dominar las circunstancias! Y a fe que he de averiguar si la que me administra estos sabios consejos tiene en ese cuerpo tan sano y tan hermoso algo que se parezca a un corazón… Porque hasta hoy, al menos para mí, se me figura que no existe en Antonia tal víscera».

Mientras la ingratitud y la fatuidad dictaban al mal convertido Gastón semejantes reflexiones, Antonia, como si quisiese confirmar la opinión de su amigo acerca de su despego e insensibilidad, añadió:

—Ya he dicho a usted cuanto se me alcanza acerca de su situación actual. Si usted es capaz de penetrarse bien de todo ello, no necesita que insista; y si no…, cuanto yo porfiase sería machacar en hierro frío. Creo que usted no gustará de machaquerías. Además, a un hombre de la edad de usted… no se le lleva de la mano. Si quiere hacerme a su vez un favor, evitar que mi nombre ande en lenguas, dejará de venir definitivamente. La malicia grosera de las aldeas no sé si es más terrible que la malicia sutil e ingeniosa de los pueblos grandes. Si usted es sincero conmigo, me confesará que tiene motivos para darme en esto la razón.

—Es cierto, Antonia —contestó noblemente el señorito de Landrey—. Aún hoy a la salida de misa, unas bocas pecadoras… —Pero en último término añadió dejándose llevar del atractivo poderoso que sobre él ejercía Antonia—: ¿Qué nos importa? ¿Quién tiene derecho a fiscalizarnos? ¿No somos libres?

—Nadie es libre… —tartamudeó Antonia, cuya voz temblaba—, y usted menos que nadie. ¡Tiene usted que levantar su casa y su apellido! A esa tarea dedique usted todo el tiempo, toda la energía de que sea capaz. Venir aquí es una distracción como otra cualquiera. No conviene que usted se distraiga… Y, por último, yo deseo que no venga…, y usted debe respetar mi deseo.

—Lo respetaré, Antonia, se lo prometo, ya lo verá —contestó él con un tono que parecía frío, y no era sino el velo de un despecho profundo y doloroso.

La tarde última que Gastón pasaba en el jardín de la quinta se acabó tristemente. Antonia se esforzaba por reanimar la conversación, pero el señorito de Landrey se había encerrado en un mutismo displicente. Cuando se retiró, apenas estrechó la mano de su consejera; a Miguelito, en cambio, le apretó contra el corazón y le besó arrebatadamente en los ojos.

~CAPÍTULO XII~

Táctica y estrategia

Gastón cumplió su promesa de ir a comer al día siguiente con la familia de Lourido. Acogiéronle al pronto con cierta hostilidad; pero la escena cambió aun no bien el señorito de Landrey, sentado a la izquierda de Florita, armó con la muchacha una escaramuza de coqueteos, tan marcados que extrañaron a Concha y regocijaron al alcalde y a la alcaldesa. Saltaba a los ojos: ¡el señorito cortejaba a la niña! ¡Y qué bien se insinuaba y cómo sabía asestar los tiros y de qué expresivo modo manifestaba la impresión producida por la belleza de Flora! Esta, de puro engreída, no tocaba los platos; y Concha, con su buen humor invencible, le soltó esta pulla en seco:

—¿Qué santo es hoy, Flora? Como veo que ayunas al traspaso...

No por eso recobró el apetito la interpelada; tal era su embeleso al recibir las ojeadas incendiarias y las atenciones constantes de Gastón, que al servirle, al bromear con ella, adoptaba lánguidas actitudes de galán deseoso de disimular su inclinación y que no lo consigue. Sofocada bajo la espesa capa de polvos de arroz, Flora comparaba al juez municipal con aquel apuesto y arrogante caballero, cuyos modales respiraban distinción y desenfado gracioso, cuya ropa trascendía a no sé qué perfume tenue y fino, y que era además el señorito, el dueño de Landrey, el personaje más eminente que había encontrado en su camino, un ser distinto de los otros... También al alcalde le chispeaban los ratoniles ojillos. ¿No era aquello, aquello mismo, lo que él se había atrevido a soñar un día en que recontaba su ya orondo peculio…, pero como se sueña el golpe más inesperado de la suerte, que puede venir y sin embargo, juraríamos que no vendrá? ¡Florita señora de Landrey! ¡Qué diablo! ¡Para eso ha exprimido el padre el limón del préstamo; para eso ha bebido el sudor de los braceros y las lágrimas de los huérfanos y las viudas; para eso sabe hacer que, en el plazo de un año, una onza se doble y arroje a la partida del haber treinta y dos duros!

Al terminarse la comida, Flora dio señales de querer arrastrar a Gastón a la senda de perdición del piano; pero el señorito de Landrey, como quien realiza un esfuerzo, rogó a Lourido que le concediese una entrevista, para hablar de negocios. Encerráronse en el despacho y Gastón, con abandono lleno de confianza, enteró a don Cipriano de lo que le sucedía.

—Al encontrarme, don Cipriano, con que le debo a usted cinco mil duros…, o tal vez más…, quisiera pagárselos inmediatamente, bien lo sabe Dios, pero si no saco a subasta las tierras y el castillo, lo cual dice usted que sería un desacierto…

—¡Un sinpiés! —exclamó el usurero, que creía decir *un ciempiés*.

—Bueno, si yo lo creo también… —declaró Gastón con ingenuidad—. Pero repito que, a no cometer ese sinpiés…, no sé cómo arreglarme. Resulta que, en Madrid, mis asuntos están peor que aquí todavía. Se me figura que no ha tenido acierto mi apoderado, el señor de Uñasín, sujeto por otra parte honradísimo…, que me ha metido en un lío muy gordo. Y como usted es tan inteligente, vengo a consultarle… ¿Quiere usted enterarse de este legajo?

Contenía el legajo los estados de cuenta y los comprobantes remitidos por Uñasín para su revisión y aprobación, y que el señorito de Landrey había recibido en uno de los últimos correos, acompañados de una carta muy melosa, en que el buitre solicitaba que se le devolviesen cuanto antes legalizados y en forma, «al objeto de aplacar a los acreedores, que están venenosos». Lourido, con rapidez febril, tomó aquel mazo de papeles y empezó a examinarlo hoja por hoja, apasionadamente.

—Si quisiera usted enterarse despacio… —dijo con indiferencia Gastón—, la verdad…, como me aburre todo esto de los negocios…, preferiría que usted se batiese ahí con esos mamotretos… y yo me volvería a la sala… He dejado a sus hijas con la palabra en la boca… Antes de subir a Landrey volveré a ver qué ha sacado usted en limpio…

Y con el aire del que consigue sacudirse una mosca, corrió a la sala, mientras Lourido se restregaba las manos de gozo…

Cuando Gastón, al anochecer, se presentó otra vez en el despacho, Lourido le acogió con una explosión de indignación exagerada y de satisfacción irónica; y, riendo y gruñendo a la vez, exclamó:

—¡No es mal punto filipino el apoderado general! ¡Honradísimo…, sí, buena honradez nos dé Dios! ¡Yo ya me lo había tragado, por cosas que me pasaron con él; pero no creí que gastase tanta envilantez! Amañados le ha puesto los asuntos, señorito…, ¡amañados! Ni una madeja dada al gato…

—¿De modo que… estoy arruinado sin remedio? —preguntó Gastón.

—¡Quia! ¿Me chupo yo el dedo? Si me deja estudiar este protocolo unas horitas más…, le diré cómo ha de hacer para empezar a salir del pantano. A las cosas es menester darles cinco vueltas. Al principio todo parece el mundo universal, y después resulta una *cunca* de mijo menudo.

—Verá usted —dijo Gastón con el mismo abandono—. A mí ya se me había ocurrido que aquí podía haber mácula…, solo que no sabía cómo defenderme. Y, la verdad: hoy sentiría quedar pobre. Estoy cansadísimo de la vida de soltero y deseo establecerme aquí, en este país tan precioso, en esa casa vieja de Landrey, que usted sostuvo y yo quisiera arreglar… Una mujer sencilla, una joven linda y honesta, ajena a los engaños y a las locuras de la Corte… —añadió como absorto y hablándose a sí mismo—. ¡Pero casarse sin tener pan!… No. Lo que haré, si no puedo salvar nada de mi hacienda, será irme a cualquier parte con un destino que me den mis amigos de Madrid…

—¡Jesús, señorito! Déjeme a mí, guíese por mí, que le aseguro que hemos de salir avante… Esta noche me peleo con los papeles y mañana venga aquí, que le diré…

—Pensaba venir de todos modos, porque sus hijas de usted quieren que demos un paseo y que nos embarquemos a pescar panchos… —respondió Gastón con alegría descuidada, propia de un muchacho de dieciséis años a lo sumo.

Al retirarse Gastón, conferenció la familia Lourido —excepto Concha, a quien despidieron a su cuarto por sospechosa y recalcitrante—. Resultó de la conferencia que la alcaldesa y, sobre todo, como era natural, Florita habían notado en el dueño de Landrey señales del más fino enamoramiento; lo cual, junto a las palabras que se le habían escapado en el despacho de Lourido, calentó las cabezas y dio tela para fantasmagorías del porvenir. Sin embargo, ni Flora ni su madre podían ver en aquellas risueñas perspectivas lo que veía don Cipriano: el tesoro enterrado en las fundaciones de Landrey, y cuya búsqueda y descubrimiento serían lícitos ya y podrían realizarse sin temor cuando se hiciesen a nombre del amo, pero el amo casado con la hija del mayordomo… Así aquella misteriosa riqueza soterrada y oculta en las entrañas de piedra de Landrey actuaba sobre la mente de cuantos sospechaban su existencia y guiaba sus determinaciones, según la calidad respectiva de las almas, impulsando a Antonia a aconsejar el desprendimiento y a Lourido a abrazar la causa de Gastón y luchar desde lejos, oponiendo su penetración y socarronería galaica a las artimañas de Uñasín…

Transcurrieron varios días, durante los cuales Lourido papeleó mucho y celebró varias conferencias con Gastón, informándose de pormenores que importaban a los asuntos pendientes. En esta primera campaña demostró Lourido una perspicacia, un instinto para los negocios que asombraron al señorito; en otro medio, aquel usurero de aldea se hombrearía con los negociantes que subyugan una plaza comercial y hacen rotar millones donde sientan la planta. Además, había en él la aptitud innata de una raza cautelosa, de una tierra en que todos saben derecho y son capaces de retorcer el argumento al abogado más sutil. Mientras el mayordomo iba poniendo en claro los intrincados negocios de Gastón, este, afectando un desdén olímpico hacia la cuestión de interés, aprovechaba las ocasiones para escaparse a charlar con las muchachas, es decir, con Florita, de quien era ya declarado galán. Cada día inventaban paseos y correrías por los montes y la playa, partidas de pesca o meriendas en algún soto que hacían retorcerse de celos al juez municipal, antes preferido y hoy desdeñado adorador de la linda rubia. En la Puebla no se hablaba de otra cosa más que de los amoríos del señorito de Landrey con la hija de su mayordomo, creyéndose muy próxima una boda que a nadie sorprendía, dada la fabulosa riqueza que las exageraciones lugareñas atribuían a Lourido. Solo Telma, con esa libertad de expresión que adquieren los criados antiguos, echaba de vez en cuando a su amo indirectas transparentes y muy agrias.

—¡Qué hubiese dicho la señora comendadora si ve a su sobrino arrimarse a aquella casta cochina de Lourido, que había entrado en el castillo con andrajos, en pernetas, y ahora estaba gordo a fuerza de chupar el jugo a sus amos!

A estas salidas de la vieja criada contestaba Gastón con risas y bromas, y alguna vez con abrazos expansivos y fuertes, pues había llegado, en aquella soledad, a cobrar intenso cariño a Telma, dando todo su valor a la abnegación incondicional de un ser cuya vida había absorbido por completo la casa de Landrey, sin que pidiese a esta casa más de lo que pide la hiedra al muro: adherirse. Entre las muchas ideas nuevas que iban abriéndose paso en el cerebro de Gastón, figuraba la del derecho de toda criatura humana; y Telma, que antes era para él algo como un objeto que se había acostumbrado a ver, convertíase en persona. Siempre la había tratado con dulzura, y ahora la respetaba... interiormente, con un respeto piadoso. El día en que llegó a esta altura cristiana y moral —respetar a su criada— Gastón sintió una alegría secreta y, subiéndose a la torre de la Reina Mora, asestó el anteojo al jardín de Antonia, y vio en él a Miguelito jugando con Otelo. La viuda no apareció; estaría retirada, de seguro, trabajando.

Lourido entretanto llegaba a dominar la cuestión encomendada a su tacto y a sus luces. Como el explorador que penetra en una selva y va cortando con el hacha lo que se opone a su paso, abríase camino a través de los obstáculos hacinados por Uñasín. Aislando cuestiones, podía afirmar ya que con los datos existentes, y mucha energía, Uñasín no tendría más remedio que vomitar lo que había querido zamparse; la casa de Landrey, descalabrada, pero viva. Era preciso sacrificar más de una tercera parte, y las otras dos saldrían a flote, gravadas con algunos créditos e hipotecas que no sería difícil ir descargando...

—¡El señorito encontraría quién le prestase dinero en mejores condiciones! —exclamaba fervorosamente Lourido, dando a entender, en frases que querían ser reticentes y veladas pero más claras que tela de cedazo, lo que podía esperar Gastón elevado a la categoría de yerno suyo, y cuando el liberar la hacienda de Landrey fuere salvar el patrimonio de los descendientes de don Cipriano...

Gastón lo aprobaba todo, aunque enterándose menudamente: nunca discípulo preguntó más, ni escuchó con mayor atención a un maestro. Como si sufriese el ascendiente de la inteligencia y el contagio de la actividad del alcalde, poco a poco había ido tomando la costumbre de trabajar con él primero una hora, luego hasta tres, sin prescindir por eso de las expediciones y los correteos a pie y en pollino acompañando a Florita. En las horas de despacho ahondaban en lo que le importaba mucho, pertrechándose a fin de realizar el indispensable y urgente viaje a Madrid, en que debía consultarse con un abogado de fama y pelear con Uñasín cuerpo a cuerpo. Don Cipriano le amaestraba, le ponía los puntos sobre las íes, le hacía fijarse especialmente en las mil vueltas que jurídicamente cabe dar a una misma cuestión. Las cataratas se le caían al señorito de Landrey. No solo iba viendo la explotación de que era víctima, sino el tejido fuerte y mañoso de la red en que le envolvían, y el modo de romper las mallas y sacar fuera la cabeza para respirar y las manos para concluir de rasgar la odiosa prisión. Constituía la nota cómica la indignación de Lourido al demostrar las arterias y habilidades de Uñasín. Sus exclamaciones podrían traducirse de esta manera:

—¡Lástima no habérseme ocurrido esta treta a mí! ¡Buen golpe para que lo diese el presente maragato!

Cuando Gastón se creyó impuesto en todo lo necesario, dejó a Telma guardando el castillo y salió hacia Madrid, donde esperaba no perder tiempo. Florita, desde su marcha, guardó un retraimiento absoluto; economizó más de una fanega de harina, porque dejó de empolvarse; otorgó treguas a su hermoso pelo rubio, no martirizándolo con las tenacillas; aflojó tres dedos el corsé; se dio tono anticipado de viudita noble, y hasta se prestó a acompañar a la iglesia, muy de velo a la cara, a su hermana Concha, organizadora de una espléndida novena, con gozos, a la patrona de la Puebla. Allí tuvo el gusto de mirar con fisga a Antonia Rojas, que concurría a la novena todas las tardes y que aparecía algo descolorida y menos animada que de costumbre.

CAPÍTULO XIII

El aro de oro

Poco más de un mes estuvo en Madrid Gastón, y la tarde en que regresó, al ver a Telma que había salido a esperarle, la abrazó con tanto cariño que la vieja sirvienta se deshizo en llanto. El señorito venía muy diferente: ¡qué formal, qué aplomado, qué hombre!

Al otro día de la llegada, Gastón empezó a dar órdenes para arreglar las habitaciones del castillo y reparar lo que era más urgente que se reparase. Los muebles de comodidad, las ropas, el ajuar todo llegaron en breve por el ferrocarril: Gastón levantaba su apeadero de Madrid y se traía el mobiliario. Además, había adquirido muchas cosas, no de lujo pero necesarias. Albañiles y carpinteros empezaron a arreglar los techos y pisos del Pazo y de la capilla, cerrada desde tiempo inmemorial, en cuyo magnífico retablo barroco anidaban las palomas y las golondrinas y en cuyo púlpito se guarecía una tribu de ratones.

Corrió una semana, y como Gastón no hubiese bajado a la Puebla, ni dado señales de existir para la familia de don Cipriano, Florita, que se engalanaba todos los días inútilmente, tuvo un ataque de nervios y un soponcio; y el alcalde, caballero en su yegua, subió lleno de inquietud la calzada pedregosa. Recibiole Gastón con afabilidad, celebró que se le hubiese ocurrido venir y le obsequió con vino y bizcochos; después se encerraron los dos en el aposento que el señorito de Landrey empezaba a utilizar para despacho, instalando en él estantes con libros y papeles y una mesa ministro. La encerrona duró más de dos horas y al cabo de ellas salió Lourido en un estado digno de lástima: desemblantado, mortecino de ojos, gacho de orejas, hasta temblón de manos; y Telma, que corrió a ordenar que le trajesen la yegua a la puerta del Pazo y le tuviesen el estribo, notó que dos o tres veces volvía la cabeza el alcalde y miraba atrás crispando los puños, como el que quiere comerse con la vista y el deseo a algo o a alguien…

Dos días después —era domingo— Miguelito, que se entretenía en botar al agua una lucida escuadrilla de barcos de papel en el pilón de la fuente, sintió que unas manos se le apoyaban sobre los ojos y una voz le decía:

—¿Quién soy?

—¡Gastón, Gastón! —chilló el niño desprendiéndose y volando hacia la casa—. ¡Mamá! ¡Está aquí Gastón!

Antonia Rojas tardó poco en aparecer: Gastón la saludó con efusiva alegría y la miró a la cara fija, larga y tiernamente, encontrándola desmejorada y delgada, como persona que ha sufrido.

—¿Ha estado usted enferma? —preguntó afanosamente el señorito de Landrey, dirigiéndose al sitio donde acostumbraban charlar, a los asientos cerca de la fuente.

—Enferma, no… —respondió débilmente Antonia, que sin embargo hablaba con voz quebrantada y tenía apagada la claridad de sus hermosos ojos y el antes vivo carmín de su encendida boca—. Es un poco de debilidad, o yo qué sé… En resumen, nada. Vamos a ver, hábleme usted de sus asuntos… Vuelve usted de Madrid… Supongo que ha arreglado algo… No habrá perdido el tiempo…

—¡Antonia, Antonia! —respondió Gastón, que parecía enajenado—. Sí, lo he perdido… He perdido todo el tiempo que transcurrió entre este día y aquel en que usted me desterró de su casa… He perdido todo el tiempo que no pasé cerca de usted… Pero he de enmendarme, ¡vive el cielo!, y ahora será preciso que usted me permita estar a su lado... por... por largos años... ¿Quiere usted?

La palidez de Antonia se convirtió en un rubor vivísimo; cayó sobre sus ojos garzos la cortina sedosa de sus párpados, y solo la agitación de su seno respondió a la apasionada pregunta del señorito de Landrey.

Rehaciéndose al fin, pudo articular no sin mucha confusión y vergüenza:

—No entiendo... ¿de qué se trata? ¡No creo que pague mi amistad con una ofensa ni con una chanza de mal gusto!

—¿De qué se trata? ¡De que si antes me alejó usted por evitar que nuestra amistad escandalizase a estas buenas gentes, hay un medio de que mi presencia aquí, en vez de escandalizar, edifique! ¡De que todos la comprendan, la aprueben y la envidien quizás!... Antonia, ¡cuánto tiempo hace que sabe usted lo que ahora está oyendo!

La viuda, con poderoso esfuerzo, se serenaba completamente. Sin necesidad de poner la mano sobre el corazón, había aquietado sus latidos mediante uno de estos actos de voluntad, cuyo secreto poseen las naturalezas enérgicas y resignadas a la vez. Su animosa y franca sonrisa volvió a jugar en la boca expansiva y grande y en los ojos garzos que se fijaron tranquilamente en los de Gastón, candentes de entusiasmo y de brío juvenil. Y, revelando en su voz calma y dignidad, contestó despacio:

—Hace tiempo que sé que usted... ha visto en mí algo más... o algo menos que una amiga... y por eso le rogué que no menudease las visitas y, últimamente..., es decir, mucho antes del viaje..., que las suprimiese por completo. Aun cuando usted no demostrase... tanta complacencia en venir, le hubiese rogado lo mismo, por mil razones de prudencia. Pero... después de que usted, a ruegos míos, se alejó de aquí... ¡han sucedido muchas cosas!

—¿A usted, Antonia? —interrogó Gastón con ansiedad.

—A mí, no. Yo he seguido mi vida de siempre. A usted…

—Es cierto —declaró él tranquilizado—. ¡Mi suerte ha cambiado por completo de faz, y a usted lo debo, Antonia del alma! Me creía pobre, arruinado, hasta cargado con deudas mayores que mi haber… Y, gracias a sus discretos consejos, a sus sabias lecciones, me encuentro dueño de gran parte de ese caudal que juzgaba perdido, y, lo que es mejor, libre de trampas y ahogos, sin depender de nadie para nada. Esto solo ya sería deber a usted un beneficio inmenso… ¡Pues falta lo mejor, el mayor bien que usted me ha dispensado! Yo era un hombre inútil, un ocioso vividor que, si no tenía los instintos del vicio, había adquirido los hábitos de disipación que conducen a él insensiblemente. Usted me ha despertado, me ha iluminado y me ha hecho reflexionar sobre mi propio destino. Me he visto y me he avergonzado de verme. Me he comparado con usted y me he sonrojado de quererla valiendo tan poco. Me he propuesto merecerla a usted cambiando de vida y de costumbres. Hoy podría volver a mis antiguas mañas; con lo que he salvado del naufragio tengo para reingresar en las filas de la vagancia elegante. En vez de hacerlo, me vengo a Landrey a restaurar la vieja casa de mi familia, no por vanidad, sino para conseguir, ayudado de usted, practicar el consejo de mi madre y ser solamente depositario de la riqueza…

Escuchaba Antonia con la mirada brillante, los labios entreabiertos como para beber el maná de aquellas deliciosas palabras: su expresión era de felicidad profunda, incontrastable. Sin embargo, un pensamiento que cruzó por sus ojos los oscureció repentinamente. Afirmando con trabajo la voz que la emoción enronquecía, preguntó:

—¿Cómo ha salvado usted su hacienda? Deseo saberlo. ¿De qué medios se ha valido usted para poner a Lourido suave como un guante?

Algo confuso, Gastón se preparó a entonar el *mea culpa*.

—Antonia, voy a ser con usted enteramente leal…, porque ya la considero a usted como a mi propia conciencia… Cuando le pedí su parecer y usted me trazó con tanto acierto mi línea de conducta, al pronto me sentí un poco chafado… Sí, chafado, es la verdad…, viendo que una mujer me daba tal lección… Puede ser que este mal sentimiento no durase un minuto si usted no me ordena, a renglón seguido, que no aportase por aquí… Esta orden, ¡cuyas razones comprendo!, hirió mi amor propio: yo creía que usted debía sentir algo por mí, aunque solo fuese una amistad tierna…, y tanta entereza y tanta frialdad me irritaron… En fin, salí de aquí contrariado y con ganas de hacer a usted sufrir en su vanidad de mujer…, para averiguar si me quería un poco… ¡Ya ve si hay en mí fondo de tontería y de malos instintos!… Me propuse que usted rabiase… y, al mismo tiempo…, que me tuviese por listo y por mozo de muchas camándulas. ¿No se ríe usted? Pues lo cuento para que se ría, no para que se contriste…

—No me puedo reír —murmuró Antonia.

—Bastante castigo me impone usted con eso… Abreviando: me metí en casa de Lourido mañana y tarde y, mientras el padre empezaba a desenredar las trapisondas de allá y me imponía de cómo era fácil salir de la trampa en que había caído, la hija… se figuró…, se persuadió de que…

—¡De que usted se casaba con ella! —prorrumpió Antonia como a su pesar y no acertando a reprimirse—. Y lo pensó todo el país, y se dio por hecha la boda…

—¡Antonia —afirmó Gastón seriamente—, mi falta no es tan grande como usted supone!… Ahora conozco que no procedí con entera caballerosidad, y que no todos los medios son buenos para emplearlos; indudablemente, si Lourido no se imaginase que yo pretendía a su hija, no se tomaría el interés extraordinario que se tomó en arreglar mis asuntos…

—Esté usted cierto de ello. Usted tuvo la triste fiabilidad de engañar a ese bribón y también a su hija, a una mujer… Ahí está un consejo que yo no le había dado.

—¡Es usted severa y cruel!… Antonia, puede usted creerme bajo palabra de honor; no he dicho jamás a Flora una palabra ni de amores ni de casamiento. Lisonjas, bromas, piropos, tonterías, acompañarla, sí; otra cosa, no ciertamente. Esa familia, desde el punto y hora en que me vio y supo mi ruina, que para ellos era todavía prosperidad, soñó que me casase con Flora, y su obcecación se explica; todo lo convirtieron en sustancia. Reconociendo que estaba en deuda con don Cipriano de las enseñanzas que me dio y de la labor fina que hizo para romper la telaraña de Uñasín, le he firmado en un barbecho sus cuentas, que en menor escala eran dignas de las del otro, ¡una gazapera!, y en el acto de firmarlas, como he enajenado fincas y tengo dinero disponible, le he pagado duro sobre duro los seis mil que se lleva de bóbilis… Además, pienso enviar a Concha un relicario y a Flora un bonito brazalete… ¡que no es el de esponsales, porque ese… ese, aquí lo tengo!, y le pido a usted que sea buena y lo acepte enseguida, ¡en prueba de que me perdona!

Con un movimiento gracioso, Antonia rechazó el delgado aro de oro en que se engastaba una gruesa perla, y contestó tratando de disimular lo vivo de sus sentimientos:

—Gastón, no hay resolución impremeditada que no se llore después… Deme usted tiempo de reflexionar, y de reflexionar a solas, consultándome a mí misma… Algún castigo merece la travesura de usted con Flora… Le impongo ocho días de extrañamiento. Vuelva usted el domingo que viene…

—¡Qué barbaridad! —gritó Gastón—. ¡Ocho días! Antonia, no voy a tener paciencia… ¿Por qué me sujeta usted a tal cuarentena si se ha conmovido usted al verme entrar en el jardín? ¡Se ha conmovido usted! ¡Lo he visto! Y nada; como es usted una cabeza de hierro, no valdrá que yo pida misericordia…

—No valdría —respondió Antonia dulcemente—. Es preciso que conozca usted bien mis defectos, y se convenza de mi testarudez. Así no irá engañado.

—Pero me voy a aburrir mucho —declaró Gastón.

—La gente sensata y laboriosa no se aburre jamás —dijo sonriendo ella.

—Pues a lo menos —imploró Gastón viendo al niño que se acercaba dando vueltas a una cuerda que hacía restallar como un látigo—, hágame usted un favor muy grande… Envíeme mañana a Miguelito a pasar conmigo el día… Le prometo a usted que no le mimaré ni le levantaré de cascos… Le daré de comer cosas sanas… Cuidaré mucho de que no se rompa la cabeza en los escombros… ¿Me promete enviármelo?

—Bien, irá Miguelito… No me le vuelva loco… —exclamó festivamente la madre.

~CAPÍTULO XIV~

Miguelito

Loco ya, pero de contento, llegó el niño a Landrey a cosa de las once, acompañado de Colasa, encargada también de recogerle antes del anochecer, y a quien Gastón hizo extensivo el convite, encomendando a Telma que la obsequiase cumplidamente. A medio día se sirvió el almuerzo, y, Miguelito, estimulado por la caminata y la novedad, lo encontró todo de ángeles; fue preciso que Gastón le contuviese, para que el festín no parase en cólico. Después de comer recorrieron las habitaciones del Pazo y las ruinas del castillo, sin olvidar la vetusta torre en que se conocieron, y donde Gastón, en un arranque de sensibilidad, besó al niño subiéndole en brazos; mas como las tardes de verano son largas y Gastón deseaba que su convidado no se aburriese un minuto, preguntole:

—¿Qué quieres hacer ahora? ¿Quieres pasear? ¿Quieres que volvamos a casa a ver las estampas del álbum?

—Quería —declaró misteriosamente Miguel— buscar el nido de la comadreja. Sé dónde está y mamá no me deja volver allí, porque las piedras resbalan mucho.

—¿Es junto al río?

—En el mismo río… Tú no tienes miedo, ¿eh?

—No, mi vida… ¿Y tú, yendo conmigo, tampoco lo tendrás?

—¡Buena gana! Sin ti no lo tengo…, ¡figúrate los dos! Mira, llevemos palos…, las piedras resbalan —repitió Miguel, que en realidad sentía una especie de terror atractivo al pensar en el resbaladero.

Preparáronse a la expedición, y Gastón guardó en el bolsillo pastas y un vaso, para merendar y refrigerarse a orillas del río. Echaron a andar con buen ánimo, pero ni uno ni otro sabían el camino y al primer chicuelo aldeano que encontraron le comprometieron a que sirviese de guía para llevarlos al sitio, llamado, según informes de Miguel, *o paso da Cova* —el paso de la Cueva—. El muchacho, que se dedicaba a apacentar unas mansas vaquitas, se ofreció a ponerles en dirección del río, volviéndose después, por no separarse del ganado. Orientoles en efecto, y Gastón comprendió que ya no necesitaba más, pues la bajada al río no ofrecía dificultad seria y, una vez en la orilla, todo se reducía a seguir derecho, hasta llegar al resbaladero famoso.

No era difícil la bajada al río, en el sentido de que se veía por dónde realizarla; más lo empinado y agrio del monte hacía el sendero casi impracticable: equivalía a despertarse cabeza abajo, y la seca rama de los pinos, llamada en el país *espinallo*, aumentaba el riesgo, haciendo resbaladiza la estrecha vereda, buena solo para las cabras —si allí las hubiese, que no las hay—. Miguelito reía a carcajadas, agarrándose a Gastón, que le sostenía cuidadosamente; y la risa se convirtió en convulsión cuando el señorito de Landrey, en uno de los sitios más peliagudos, cayó de espaldas, sentado, y se levantó todo cubierto de *espinallo*, sacudiéndose y exagerando la queja, para que el chico exagerase la alegría…

Cuando llegaron a la margen del río, no por eso fue la empresa menos ardua. Al contrario: por allí no había camino practicable, ni estrecho ni ancho, ni malo ni bueno, y era preciso saltar por cima de agudos pedruscos, o abrirse paso difícilmente entre carrascas y aliagas que picaban las piernas. En algunos sitios, lo tajado de la orilla y la estrechez del lugar en donde con gran trabajo se podía sentar la planta, ocasionaban verdadero peligro y Gastón, temeroso de una desgracia, tomaba a Miguelito en brazos y le obligaba, a pesar de su resistencia, a dejarse conducir fuera del atolladero. El chico protestaba, jurando que por allí había pasado él con su madre, los dos a pie, y «divinamente». Llegaron a un sitio tan propio para romperse las vértebras, que Gastón sentía impulsos de desandar lo andado y enviar enhoramala la expedición y el *paso da Cova*, donde, después de todo, no habría más que unas lajas resbaladizas como si de jabón las untasen; pero el chico era tan resuelto defensor de que se terminase la hazaña gloriosamente, y Gastón se sentía ya tan padrazo, que no hubo remedio sino salvar, medio a gatas, el sitio empecatado, del cual salieron con las manos arañadas y sangrientas. Al verse fuera del apuro, Gastón, respirando, miró alrededor, e hizo un movimiento de sorpresa, notando algo como involuntario y oscuro estremecimiento de todo su ser.

Hallábanse en un lugar donde, ensanchándose de pronto el álveo del río, disminuye en profundidad y es vadeable, caso raro en los ríos de Galicia. El agua clara y tranquila descubre el lecho de arena y baña suavemente un trozo de pradería natural, tendido a ambos lados del escarpe del monte. A la otra margen, Gastón veía el principio de un sendero, no pendiente y agrio como el que habían seguido para bajar, sino asaz cómodo y practicable, que se perdía entre los pinares de la montaña. Pero lo que más impresionaba al señorito de Landrey era notar que, a sus espaldas, sobre una ladera escarpadísima, casi cortada a pico, descollaba una torre que conoció: era la de la reina mora. Estaban debajo del vetusto torreón, tan a plomo con él que una piedra lanzada de las ventanas hubiese podido caerles sobre la cabeza; y, sin embargo, por aquel lado la torre era absolutamente inaccesible: querer subir por el tajo a pico sería como intentar asirse a una lisa pared de acero. Los que sitiasen a Landrey no era posible ni que intentasen el asalto del torreón por donde cae al río.

¿Por qué se destacó en el espíritu de Gastón esta idea con extremada lucidez? ¿Por qué la recibió como se recibe a un huésped que afanosamente esperamos? Al pronto ni lo supo él mismo. Un aturdimiento singular, especie de mareo del entendimiento, le dominaba; y como entre sueños, al través del zumbido de la sangre agolpándose a sus sienes, oía la voz del niño.

—Aquí es —decía—. Qué bonito, ¿eh? Pero no hay resbaladero, ¿sabes?, porque hoy el río va más crecido y cubre las lajas…, que son atroces de lisas… Dijo mamá cuando estuvimos aquí que esas lajas no las puso Dios, sino que las colocó la gente para cruzar a pie enjuto, y que deben de tener mil años, por lo gastadísimas que están… ¡Ven, anda!, que te enseñaré el *paso da Cova* y el nidal de la comadreja…

No eran ya las sienes; era el corazón, era todo el cuerpo de Gastón lo que se agitaba como saturado de azogue… La idea inicial había sido llamada por las otras, que acudieron con la rapidez propia de su inmaterialidad; y, agrupándose como un haz de rayos lumínicos, produjeron una claridad viva que en aquel instante deslumbraba y enloquecía al señorito de Landrey… Las palabras del manuscrito de don Martín rodaban por su cerebro a guisa de olas encrespadas: «Si guiado por el norte, siguieres el camino de los antiguos en peligro de muerte…». Allí, allí estaba «el camino de los antiguos»; por allí los defensores de Landrey podían no solo bajar a la corriente a surtirse de agua, sino escapar, desvanecerse como el humo cuando los amenazasen los sitiadores, cruzando el río por las lajas colocadas a mano y perdiéndose en el sendero del otro lado de la montaña cubierto de robles y pinos… ¡La ruina, la mitra! ¡El tesoro!

—Ven, te enseñaré dónde he visto esconderse la comadreja —repetía el niño, tirando de la mano a Gastón, que embobado se dejó arrastrar.

Orientose Miguelito con ese acierto topográfico que distingue a los niños, cuya retentiva fresca no pierde un detalle, y empezó a desviar los brezos y los renuevos de roble que revestían la base del escarpe, descubriendo un sitio en que solo su mirada avizora podría adivinar la boca de una cueva —orificio angosto, cegado por desplomes de tierra y piedras, entre las cuales surgía recia y lozana vegetación, disimulando perfectamente la entrada y haciendo hasta dudoso que tal abertura fuese otra cosa sino madriguera de los tejones y las martas, abundantes en aquel país—. Pero Gastón no dudaba: era la boca de la mina militar del castillo de Landrey, y la emoción le empapaba las sienes en sudor helado y le hacía temblar las piernas…

Calló; no era posible confiar tal secreto a Miguelito. Cuando, ya anochecido, habiendo regresado los dos a Landrey, lo entregó a Colasa, que se proponía, viéndole muerto de sueño y de cansancio, llevarle a cuestas hasta Sadorio. Gastón, al despedirse del chico, le dio un abrazo largo, largo, vehemente, y entre dientes murmuró, al estrecharle:

—¡Criatura, que Dios te bendiga!

Aquella noche no durmió Gastón —literalmente no concilió el sueño cinco minutos—; y, sin embargo, una especie de fiebre le causó raras alucinaciones. Cerrando los ojos se representó a la comendadora con sus hábitos y a don Martín, con su casaca y su calzón corto, que armados de antorchas le alumbraban por las vueltas y recovecos de medroso subterráneo… Al amanecer, ya estaba pidiendo a Telma un ligero desayuno, provisión de fiambres y las herramientas de los albañiles, que estos solían dejar en un cesto de esparto, por no llevarlas y traerlas todos los días; además, se surtió de una azada, una pala y de un guadaño para segar la maleza. Encargó a Telma el sigilo y que diese a los albañiles dinero en pago de sus herramientas, que supondrían perdidas. Con paso ágil bajó como la víspera, sin que esta vez las asperezas y escabrosidades del sendero le pareciesen tantas; o, por decir toda la verdad, sin que su enajenamiento le diese lugar a reparar en ellas.

Descendía como desciende la piedra, por su propio impulso y sin percibir los obstáculos que le podrían detener. En media hora recorrió el trayecto que el día anterior les había costado a Miguelito y a él, adoptando mil precauciones, cerca de una. Al verse ante la boca de la cueva, detúvose y reflexionó.

¿A dónde podía conducir la mina? Sin duda, a las fundaciones de la torre, en que Gastón, «guiado por el norte», esperaba encontrar el tesoro. Mas Gastón recordaba que debajo de la torre había realizado un registro inútil, hallando una especie de mazmorra subterránea, en que ni las paredes sonaban a hueco ni se veían rastros de comunicación, puerta, escalera, ni argolla alguna. ¿Iría la mina a perderse en el seno de la montaña? ¿Sería mina siquiera?

Con una especie de rabia, con fuerzas que centuplicaba la ardiente curiosidad, Gastón puso manos a la obra. Empezó por cortar y raer la maleza, descubriendo el orificio de la cueva y, después, con ayuda de la pala, desobstruyéndolo de la tierra que se hacinaba ante él. De vez en cuando miraba en derredor, por si le observaba alguien. El sitio estaba completamente solitario.

Temía el señorito de Landrey encontrar piedras que sus fuerzas no alcanzasen a remover, y vio con júbilo que era tierra endurecida, mezclada al grijo del lecho del río, lo único que dificultaba a un hombre le entrada en la gruta. Esta convicción le animó, y pronto consiguió despejar la boca y descubrir un conducto que, en vez de bajar, subía en ángulo. Encendiendo su linterna y aferrando la piqueta, Gastón ascendió por el conducto; sus rodillas tropezaban en las desigualdades de la mina —ya no podía dudar que lo era— y una alimaña pasó rozando con sus piernas, en fuga loca, sin que pudiese distinguir si era el bicho algún tejón o solo una gruesa rata. Notó luego que se ensanchaba la mina y mostrábase cada vez más suave su declive y no avanzó sino examinando las paredes, que nada ofrecían de particular: parecían de barro y las impregnaba una humedad ligera. No había ni rastro de esa vegetación fungosa que algunas cuevas poseen; y, a medida que Gastón adelantaba, el ambiente se hacía más seco. Como quince minutos habría caminado Gastón cuando de pronto la cueva cesó: una pared de arcilla la terminaba.

Si la tal pared se hubiese desplomado sobre él, no sentiría impresión más fuerte y abrumadora. Quedose de hielo, abierta la boca, dilatados los ojos. Al fin, procurando rehacerse, paseó la linterna por la pared de alto a bajo. Su corazón saltó impetuoso; el barro, resquebrajado a trechos, cubría un muro de piedra.

Dejó la linterna en el suelo y atacó el muro, con la piqueta, mostrando un vigor digno de un demoledor profesional. Era el muro recio, pero no como de sillería, ni siquiera de cantos muy gruesos; a pocas embestidas comenzó a desmoronarse y, metiendo por el hueco la linterna, Gastón vio una especie de sala redonda, parecidísima a la que conocía, y esto le hizo temblar. ¿Si estaría echando abajo una pared para encontrarse, burlado y desesperado, al pie de la torre de la Reina Mora, en el sitio donde ya le constaba que no existía rastro de tesoro? Tal idea le hizo desmayar y se sentó sobre los escombros. Recordó entonces que tenía en el bolsillo carne fiambre y un frasco de vino generoso; reparó sus fuerzas con bocado y trago y, sin más, arremetió otra vez contra el muro. Cayeron los escombros; fue la abertura capaz de dejar paso al cuerpo de Gastón, y se enjaretó por ella con esfuerzo, saltando linterna en mano dentro de una mazmorra circular, toda revestida de piedra, sin escalera ni acceso a ninguna parte… ¡No era la ya conocida! ¡Era otra, situada, de fijo, bajo las fundaciones de la torre! En el techo, enorme argolla emporlonada en una losa; en el suelo, nada, la tierra; y en la pared, ¡cielo santo!, una especie de hornacina tapiada con cal… El escondrijo.

~CAPÍTULO XV~

El tesoro

Antes de atacar con la piqueta la hornacina, Gastón echó mano al frasco y volvió a beber un trago copioso. Creía tener brasas en la garganta y en el pecho, y se sentía desfallecer. La embriaguez del triunfo presentido le abrumaba: no era la codicia, no era la sed de riquezas lo que le causaba tal vértigo; era el misterio romancesco y la dramática historia del tesoro, cuyo valor acaso no equivaldría a lo que la imaginación fantaseaba.

La piqueta retumbó al fin embistiendo contra la pared. Sus sordos golpes fueron arrancando el yeso ennegrecido, la dura mezcla que trababa los pedruscos de la mampostería. A cada fragmento que se derrumbaba, crecía el anhelo de Gastón. Abierto un boquete, apareció un hueco y, en él, algo confuso…: bultos informes. La luz introducida descubrió que eran no cofrecillos de sándalo con herrajes de pulido acero, ni arquillas de cedro incrustadas de nácar, según correspondía a las joyas de la reina mora, sino buenamente panzudas ollas de barro vidriado, de las que en el país se venden a dos reales… Si había allí riquezas, no las soterró ninguna beldad musulmana que las hubiese recibido en dádiva o prenda de amor de algún emir granadí; don Martín de Landrey, el de aciaga memoria, al escoger tal sitio para ocultar su dinero y evitar que pasase a manos odiadas, había cedido sin duda a la sugestión de la leyenda, y tal vez, al curiosear los subterráneos buscando las perlas de Golconda y el oro del Darro de la sultana, concibió la idea de resguardar allí por poco tiempo el caudal destinado a la hija amada y predilecta, a la piadosa Antígona que consolaba su ceguera moral.

Con golpes convulsivos Gastón ensanchó el boquete; cayó de súbito un gran trozo, y parecieron descubiertas las enormes ollas. Eran hasta seis y pesaban más que plomo. Llenas hasta el borde, cuatro de ellas estaban hidrópicas de onzas, de esas hermosas peluconas de Carlos III y Carlos IV, que ya se tiene por rareza en los tiempos actuales. Dos contenían artísticas joyas de diamantes y brillantes montadas en plata —collares, tembleques, piochas, broches, arracadas, hebillas, diademas, peinetas, ramos, y hasta un pájaro de esa mezclada pedrería llamada *ensaladilla* por los joyeros—, en que se combinan los rubíes pálidos, los topacios, las esmeraldas claras y la lluvia de las bellas rosas, o diamantitos menudos como chispas de luz. La envoltura de barro grosero de una de las ollas encerraba —como el cuerpo humano, deleznable, el alma inmortal— una colección de ricos sartales de perlas, y dos abanicos del finísimo gusto María Antonieta, de varillaje de oro incrustado de camafeos.

Al pronto, le dio vueltas la cabeza a Gastón; temía que las ollas se deshiciesen en polvo y la fantástica riqueza se evaporase. Se llevó las manos a las sienes, respiró y, cuando empezaba a recobrar el aplomo, notó que la vela de la linterna se extinguía; un momento más y se quedaba a oscuras. Solo tuvo tiempo para recoger una olla, la que contenía perlas y abanicos, y salir a escape de la mazmorra y de la cueva. Al verse al aire libre, al sol, a orillas del río, comenzó a persuadirse de que no soñaba. Allí tenía parte de su hallazgo… Por prudencia volvió a obstruir el orificio, colocando la tierra y las ramas de modo que no se advirtiese diferencia; y, abrazado a su olla, subió a Landrey, con alas en los pies. Telma creyó que el señorito desvariaba —y desvariaba algo, en efecto— cuando pedía otra vela y un saco de lona. Al anochecer, Gastón, en cuatro viajes, había subido el contenido de las ollas y lo había cerrado en un recio cofre; pero sus fuerzas se agotaban y una calentura, que creyó originada por la violenta fatiga, le postró en el lecho. Telma, llena de inquietud, se instaló a su cabecera: le sirvió infusiones y veló su sueño agitado por angustiosas pesadillas, en que pronunciaba palabras truncadas y frases enteras que parecían de un criminal. ¡Como que se trataba de riquezas, de prisión, de subterráneo!… La luz de la mañana trajo a Gastón algún alivio, pero encontrábase tan quebrantado que le fue imposible levantarse; y, por la tarde, el recargo se presentó otra vez, acompañado de sudor y del mismo delirio congojoso. No cambió al día siguiente el estado del enfermo; y Telma, conocedora de los males que en el país se padecían, comprendió que se trataba de calenturas cotidianas, de las que suele causar el detenerse largo tiempo a orillas del río, sobre todo en las horas de la tarde y con el cuerpo sudoroso, y anunció su resolución de bajar a la Puebla y traer al médico, experto en recetar quinina para esta clase de achaques.

—No llames al médico —ordenó con debilitada voz Gastón—. Vete a Sadorio y dile a la señora de Sarmiento…, a doña Antonia Rojas…, que no estoy bueno… y que le suplico que venga a cuidarme.

—¡Señorito! —objetó Telma asustada y creyendo que su amo deliraba aún.

—Obedece, Telma… Estoy en mi juicio… Que venga… Así que venga, sanaré… Ya lo verás… Anda, Telma… Anda, abuelita querida.

Este nombre cariñoso tenía la virtud de poner a Telma como un guante. Sin replicar, llevó a la quinta el extraño recado. ¡Y qué grande su admiración al ver que Antonia, apenas lo escuchó, se encasquetó el sombrerillo marinero, cogió de la mano a Miguelito y echó a andar más ligera que una corza!

Al entrar Antonia sola en la habitación del enfermo, se incorporó en la cama el señorito de Landrey; tendió la mano abrasada al encuentro de otra mano fresca y trémula y, mirando a su amiga, a su futura esposa, sacó de debajo de la almohada las sartas de perlas y las enroscó a la muñeca de la dama. Esta miraba con sorpresa la joya, y su ceño se fruncía ya desaprobando el regalo, que creía una intempestiva prodigalidad de Gastón; pero el enfermo, en voz baja, le dijo unas cuantas palabras que la hicieron retroceder de asombro.

—Ahí está, en ese cofre —repetía Gastón—. Deseo que todo, todo, se lo lleve usted enseguida a su casa. Pertenece a Miguelito, que es quien por inspiración de algún ángel lo ha descubierto. Ya comprenderá usted que, si la llamé, para esto era; mi mal no ofrece cuidado, y usted se volverá ahora mismo a Sadorio, no quiero que los malsines puedan glosar su presencia de usted aquí. Lo único que me reservo son las joyas de familia… Quiero que usted las posea y las santifique.

—Gastón —articuló Antonia dulcemente—, me iré, pero prométame usted que vendrá el médico y que atenderá usted a su salud como si yo aquí estuviese. Del tesoro no hablemos; ya sabe usted que soy firme en mis resoluciones, y no lo aceptaríamos nunca ni Miguel ni yo; pertenece a la casa de Landrey. Respetemos la voluntad de los que fueron. No se olvide usted… de lo que nunca olvidó doña Catalina: el alma de don Martín pide sufragios… Me encargo de recordarle a usted esa pobre alma en pena.

—¿Vendrá usted mañana?

—Y pasado, y todos los días, mientras usted no se ponga bien…

—Ya estoy mucho mejor —declaró Gastón reanimado y sin soltar la mano empeñada en desasirse.

—Pues cordura… y a descansar, y a tomar lo que disponga el médico… y a sanar pronto… Y a tener presente quién envía estas riquezas… Es nuestro Amo… Sí, Gastón; somos sus administrado-res… Yo no lo sabía, pero me lo ha enseñado la desgracia.

—Y a mí el amor —respondió apasionadamente el señorito de Landrey—. Por todas partes se puede ir a Roma… Y, ahora…, que entre el chiquillo; ¡le quiero tanto como… como a su mamá!